今日もお疲れさま

パンとスープとネコ日和

群 ようこ

ハルキ文庫

角川春樹事務所

本書は、二〇二〇年一月に小社より単行本として刊行された作品です。

今日もお疲れさま

パンとスープとネコ日和

1

事実婚式を終えたしまちゃんには、何の変化もなかった。籍を入れているわけではないが、身内や友人を招いていちおう式らしきものをして、結婚と同じく、パートナーがいるという意識が、彼女に芽生えるのをアキコは期待していたが、見事に以前と変わらないしまちゃんだった。

「やっぱり一緒に住まないの」

「はい、住まないです」

「今日はシオちゃんは何をしているの」

「さあ、わかりません」

木で鼻を括《くく》ったような態度ではなく、仕込みをしながら彼女は淡々と答える。しかしアキコが空いた時間に聞くと、シオちゃんからは、一日に何度も連絡があるようだ。ただ仕事の邪魔になるので、しまちゃんが店に出ている間は、絶対に連絡してくるなといい渡してあるという。

「だからマンションに帰ってからが、もう、うるさいんです。『今、会社が終わって、みんなと食事しているんだ』とか、出張するとホテルから『窓からお城と桜並木が見えるんだ』とか『焼き魚定食を食べた』とか、もうどうでもいいことばかりいってくるんですよ。まったく何なんでしょうか。いちおう企業の講師として招かれているんですよ。そんな精神状態で他人様《ひとさま》に教えられるんでしょうか。お城や焼き魚の報告をする暇があったら、仕事の勉強して欲しいんですけどね」

呆《あき》れ顔のしまちゃんを見て、アキコは昔、同じ商店街にあった、乾物屋の奥さんを思い出した。彼女はしまちゃんと同じ表情で、

「うちの次男坊は本当にぼーっとしてしょうがない。男なのにはきはきしたところがないから頼りなくて。いつもにこにこしているのはいいんだけど、それだけじゃ世の中は渡っていけないいからね」

といつもアキコの母に嘆いていたのだった。その乾物屋はアキコが高校生のときに店をたたみ、一家もどこかに引っ越していった。

「教えられないような人を、出張させないでしょう。そういうどうでもいいことをしまちゃんに話せるのが、シオちゃんの幸せなんじゃないの。私は経験がないからわからないけど、結婚ってそういう些細《ささい》なことをお互いにいえるっていうのがいいんじゃないのかなあ。考えてみると私は男の人と付き合っていたときは、そんなどうでもいい話ってできなかっ

たなあ。二人で無邪気に笑った記憶もほとんどないのよ。私が生まれた事情があるでしょ。それがいつも気になっていたのかもしれないし。向こうも気になっていたんじゃないのかな」

「でもそれはアキコさんの責任じゃないです」

といってくれたしまちゃんに対して、アキコは、

「そういう時代だったのよ。今は違ってきたかもしれないけど」

しまちゃんは不満そうな顔をしながらも、小さくうなずいた。

「せっかく式までして公にパートナーになったんだから、もうちょっとシオちゃんの相手をしてあげたら？」

「いちおうしているんですよ」

「どんなふうに？」

「へえ、とか、はあ、とか返事をして」

「それって相手をしてあげているんじゃなくて、ただの相槌《あいづち》でしょう」

「ああ、そうか。そうですね。ふふふ。それじゃあ次は、ちゃんと会話で相手をするようにします」

しまちゃんはいい意味でも悪い意味でも、まったく変わらないんだなあと、アキコは笑いがこみ上げてきた。これまでせっかく彼女に電話をしても、会話にならなかったシオち

ゃんが気の毒になったし、それでも怒ったりしない、のんきさというか鷹揚《おうよう》さというか、彼の人のよさにあらためて感心した。

アキコは使い終わったボウルを洗いながら、

「しまちゃんはどうしてそんなに、シオちゃんにそっけないの」

と笑った。

「そっけない。うーん、そうですね」

しまちゃんはにんじんを乱切りにしていた手をとめ、アキコのほうを見て、

「甘えを許さないっていうところでしょうかね」

といった。

「ああ、たしかに」

「シオちゃんって、根本的に甘え体質なんですよ。マザコンや依存症とは違うんですけど、すぐに誰《だれ》にでも懐いちゃうっていうか。いつも私は、『あんたは脇《わき》が甘い』って怒るんです」

彼女の話によると、シオちゃんは基本的に人を疑うことをせず、心が優しいのですぐに他人に騙《だま》されてしまう。大学生のとき、試験前に調子のいい男子学生に頼まれて、自分も勉強しなくちゃならないのに、ノートを貸してしまった。しかし約束した試験の一週間前になってもノートを返してもらえず、結局、その科目の単位が取れなかったというのだっ

た。

「それはちょっとひどいわね。それはその男の子が悪いんじゃないの」

「その子は単位が取れたらしいですからね。だいたい断ればいいのに、それができないんですよ。人を信じすぎるんですよ。だからシオちゃんには、『絶対、保証人にはなるな。印鑑を押したとたんに、お前の人生は終了だぞ』っていい渡してあるんです」

「ふふっ、そうしたらなんていってた？」

「『そ、そうだよね、僕は絶対にしないから』ってものすごくまじめな顔でいってました。そんな調子だから、近しい人間がちょっと厳しめにする程度でちょうどいいんです。よくあんな性格でこれまで無事だったと思います」

「いちばん大変だった出来事が、ノートが戻ってこなかったことだものね」

「そうです。そんなの人生のなかで塵《ちり》みたいなもんです」

「そんなのんびりして優しい性格だからみんなに好かれるのよ。事実婚式のときだって、あんなに泣くなんて……」

その光景を思い出して、アキコは噴き出してしまった。しかし、しまちゃんはまたむっとした顔で、

「まったくお恥ずかしい限りです。いちおうあのような場だったので、それについては文句はいいませんでしたけど。いいたいことは山ほどありましたっ」

といい放った。アキコが何もいえずに、ただただ笑いをこらえていると、

「大丈夫なんですかねえ、ほんと。甘やかすとますますぐにゃぐにゃになりそうなんで、私が厳しくやらないと」

しまちゃんは眉間《みけん》に皺《しわ》を寄せていた。

「でもシオちゃんも大人なんだし、ちゃんとお勤めもしているんだから、社会人としてはきちんとしていると思うけど」

アキコがフォローすると、

「でも友だちと作った会社ですからねえ。一般の会社と違って上下関係もないですし、やっぱり甘い環境にいると思いますよ」

と彼女はシビアなのだった。

「とにかく仲よくしてね」

「ああ、はい、それはまあなんとか努力します。ご心配をおかけして申し訳ありません」

しまちゃんは小さく頭を下げた。そうか、しまちゃんもそういう気持ちはあるのだなと、アキコはほっとした。

「でも我慢の限界がきたら、さっさと捨てますけど」

しまちゃんは小さく笑った。アキコは目をぱちぱちさせながら、包丁を片づけた。

店の経営はお客様の長蛇の列と閑古鳥《かんこどり》との中間くらいで一定していた。訪れてくれた人

たちがSNSにのせてくれたようで、それを見て新しく来てくれるお客様も多くなった。老若にかかわらず男性のお客様が一人で入店するケースも多い。母がやっていた酒も出していた食堂とは比べられないが、ほとんど全員が男性客だったのを考えると、時代が変わったなあと感じた。今だったら、母のような店にも女性客が来てくれたかもしれない。

「ここのスープを飲むとほっとする」

「気持ちが落ち着く」

そういってくださる方が多いのもありがたかった。インスタにそう書いてあったのでといって来てくれた若い男性もいた。アキコは、

「ありがとうございます」

と丁寧《ていねい》に御礼をいうのだけれど、ということは彼はふだんそういう環境にはいないという現実がわかって、複雑な気持ちになる。しかし店にいる一時間でも二時間でも、緊張した心がほぐれるときが彼にあれば、とてもうれしかった。

向かいのママさんの店も、SNSで「シブい店」と評判になったらしく、次から次へとお客様が出入りするようになった。外観をスマホで撮影している人も多くなった。

「おはよう」

ある朝、久しぶりに開店前のママが、仕込み中のアキコの店にやってきた。

「ママさん、忙しそうですね」

「そうなのよ、困っちゃうわ。いつまでできるかって、指を折っていた状態だったのに、年寄りになってこんなに店が流行《はや》るとさ」

そういいながらも彼女はとてもうれしそうで、ちょっと若返ったようにも見えた。

「若い人が多いようですね」

「そうなの。あのインスタっていうの？　あの威力はすごいわね。みんなインスタを見たっていって来るわ。あんな古い店のどこがいいのかさっぱりわからないけど、シブい、シブいっていうの。若い人って何を面白がるのか全然わかんないわ」

「でもいいじゃないですか。若い人が来てくれると活気が出るし」

「そうねえ。でもコーヒーを注文しても、スマホで撮影するのに一生懸命だし、『ママさんも一緒に』なんていわれて、孫みたいな若い子たちと一緒に写真を撮ったりしてるのよ。まったくこの歳《とし》になって、こんなふうになるとはねえ。まあ、ありがたいことですよ。もうちょっとがんばらなくちゃ」

ママは両肩をぐるぐる回しながら、店に戻っていった。

「ママさん、元気になってよかったわ。一時期、気落ちしているようなところもあって、気になっていたんだけど。これでしばらくは大丈夫ね」

「そうですね。顔つきが明るくなられたような気がします。でもママさんが淹《い》れるコーヒーの味がわかるような人が来てくれるのが、いちばんいいんですけどね。ああいう人たちって、そのお店がどうのっていうより、評判になっているところに行ってきたっていいたい人のほうがほとんどなんじゃないですか」

「そうね。なかにはいるかもしれないけど。でもうちの店もそうだけれど、自分の望むようなお客様が来てくださるかどうかって、こちらではどうにもできないし。幸い、うちのお店はお客様にも恵まれているけれど、ドアを開けて中に入って来てくださった方は、みなさんお客様よ。ねっ」

「はい」

しまちゃんはまじめな顔でうなずいた。ふとアキコが外に目をやると、ママが店のドアや窓を、熱心に拭《ふ》き掃除していた。

二日後、しまちゃんが大きな紙袋を持って出勤してきた。

「あのう、シオちゃんがアキコさんにおみやげっていいまして。本当にすみません。いつものように、下手な鉄砲も数撃《う》ちゃ当たる方式なんです」

大きな袋の中には、隣接はしているが様々な県の名産品が入っている。

「ありがとう。うれしいわ。シオちゃんによろしくいってね。いろいろなところのおみやげが入っているけど、出張で何か所かいっていたのね」

アキコが紙袋から顔を上げると、しまちゃんは、

「いいえ、一日、帰る日を遅らせて、近県に立ち寄って遊んできたようです。とっとと会

社に帰って仕事をすればいいのに。もしかしたら、会社で用済み扱いになっているんじゃないでしょうか」

と怒っている。

「そんなことないわよ。融通のきく会社なんでしょう。そのくらいの余裕があるのはいいことよ。シオちゃんには、これからはお気遣いなくっていっておいてね。いつも申し訳ないわ」

「はい。でもシオちゃんもアキコさんのおみやげを選ぶのが楽しみみたいで。といってもいつも数撃ちゃ当たる方式なのが、本当に申し訳ないんですけど。そこのところを何とかするようにいっておきます」

しまちゃんは指導官のような表情になった。

シオちゃんは会社で用済み扱いどころか、中心となる働き手だった。とにかく性格がいいので仕事先の誰からも嫌われず、彼に協力したいといってくれる人が多いらしいと、後日、しまちゃんがちょっと恥ずかしそうに、アキコに話してくれた。

「そうでしょう。あの人は絶対に人を傷付けない人だもの」

しまちゃんの話によると、一緒に会社を作ったうちの一人は、とても有能でその自覚もあるのか、新しい仕事に対してもつっぱしり気味になる。しかしもう一人のいつも冷静な人と、のんびりタイプのシオちゃんが、社内会議で意見を出すと、それにほどよくブレーキがかかり、うまくいっているのだという。アキコは若い人たち三人が、自分の意見を出し合い、相談して仕事をこなしているのが、立派だなあと思った。少なくともアキコと同年輩の男性たちで、会社を経営するとなると、親の跡を継ぐか、中年になって独立するかのどちらかだった。フリーランスになる人はいたが、若くして会社を興す男性はまずいなかった。世の中が変わりそれが可能になったこともあるのだろうが、若い人が一生懸命に頭を使い、体を使い、責任を持って仕事をしていることに感心していた。

「こんなふうに思うなんて、私が歳を取った証拠ね」

アキコは店が終わり、自室に戻って両手にたいとろんを抱きながら苦笑した。

三日に一度くらい、アキコは仕込みをしながら、

「シオちゃんはどうしてるの」

としまちゃんにたずねた。おせっかいかと思ったが、しまちゃんにもうちょっとパートナーに対して、関心を持ってもらったほうがいいかなという老婆心が、どうしても湧《わ》き上がってきてしまう。それでもしまちゃんは、淡々と、

「さあ、何をしているんでしょう」

という日もあるし、

「昨日は一緒に食事をしました」

という日もあり、二人はそれなりに何とかやっているようだった。

シオちゃんの会社に新入社員が入ると知ったのは、彼の出張から二週間経《た》った頃《ころ》だった。

「すごいわね。業務拡張じゃないの。お友だちが集まって作った会社だから、はじめての新入社員なんでしょう」

「そうなんです。応募も結構あったみたいで、シオちゃんも『僕も面接したんだよ』って興奮してました。そんなに興奮する必要があるんでしょうか」

いつも冷静沈着なしまちゃんは首を傾《かし》げている。

「自分は面接される側《がわ》にはなっても、する側の立場にはほとんどなったことがないから、うれしかったんじゃないの」

「ああ、なるほど。でも彼に人を見る目なんてあるんでしょうか」

それを聞いたアキコは思わず、

「あるに決まってるじゃないの」

と大声を出した。

「あなたをパートナーに選んだっていうところで、もう、ものすごく目が高いというか、人を見る目があるというか……。とにかくシオちゃんの目は確かよ。それは私が保証するわ」

しまちゃんはびっくりしていたが、だんだん顔が赤くなってきた。

「いや、あの、そうでしょうか……」

「そうよ、それは間違いないわよ」

「あ、ありがとうございます」

　彼女は恥ずかしそうに身を縮めて頭を下げた。部活のお辞儀ではなかった。

「それでシオちゃんたちの面接の結果、どんな人が入ることになったの」

「女性が一人なんです」

　彼女は語学が堪能《たんのう》でＩＴにも精通していて、会社の戦力になる人だという。全員で面接した結果、全員が丸をつけた人たちのなかから、選んだ人だった。

「それに感じがよくて」

「ああ、それは大事ね」

「容姿端麗だそうです」

「ん？　それは誰の感想？」

「シオちゃん以外の人たちは、あんな美人が来てくれるなんてって、浮かれていたっていってました。彼はただ『容姿端麗な人だよ』とだけいってましたけど」

「それは貴重な人材ね。非の打ち所がないじゃないの」

「そうなんですよ。すべてが揃《そろ》っている人ってなかなかいないですよね」

　それを聞いたアキコは、

「まだ、すべてが揃っているように見える人だけどね」

と口を挟んだ。しまちゃんは一瞬、言葉に詰まったが、

「これからが大切ですものね。会社に入って終わりじゃないから」

と開店前のテーブルの上を拭きはじめた。アキコは自分が出版社に勤めていた頃を思い出しながら、人を選ぶのはとても難しかったとしまちゃんに話した。試験の成績、面接の印象を考慮して入社してもらっても、自信満々の本人の性格に問題があり、自分はいつも正しいと他人の意見を聞かないものだから、同僚とうまくいかなかったり、編集の仕事の流れのなかで、装丁は著者、装丁家、編集者が確認し、それでOKとなると社内的に上司が了承した旨《むね》の押印が必要なのに、上司に書類を提出しなかったりした。上司の机の引き出しから印鑑を持ち出して、勝手に押印して表紙の図版を印刷所に返したり、預かったイラストを酔っ払ってなくしてしまい、すぐに上司に報告すればいいのにそれができないものだから、自分で描《か》いた絵を掲載してしまったとか、想像もできない行動をする人たちが何人もいた。

「そういうことをする人って、成績や面接じゃわからないのよね。突然、行方不明《ゆくえふめい》になった人もいたのよ。うちの会社ではなかったけど、盗癖がある人がいて大騒ぎになったところもあったわ。その人と一緒にカラオケにいくたびに、現金がなくなっていたんですって」

しまちゃんは驚いたのと笑いをこらえるのとがいりまじった微妙な表情で、アキコの話

を聞いていた。

「でもシオちゃんたちが選んだ人なら大丈夫よ」

「ええ、でもちょっと問題が起きてるみたいなんです」

シオちゃんはそんな調子で、淡々としているのだが、他の社員は本採用を前に、そのササオさんという女性がアルバイト扱いで出社すると、二人ともうれしそうな顔になるのだそうだ。

「それは容姿端麗な女性がいたら、うれしいんじゃないの」

「それはそうなんですけど、それがちょっと……」

子供が生まれた男性が、ササオさんの入社にあまりにはしゃいで、それを奥さんに話したら、彼女の機嫌が悪くなって険悪な雰囲気になっているという。子育てで大変な毎日を過ごしているのに、入社する人々の選択権がある夫が、美人が入社するとはしゃいでいたら、それは面白くないかもしれない。

「彼はちゃんと家事も手伝っているような人なんですけどね」

「うーん。奥さんにしたら鬱憤《うっぷん》が溜《た》まっているんじゃないのかしら。もともと恋愛に関して敏感で、結婚してもそういったことが気になるタイプの女性もいるしね」

「ああ、そうかもしれませんね」

「しまちゃんはどう？　気になる？」

「いいえ、ぜーんぜん」

彼女はきっぱりといい放った。

「万が一、その人のほうがよければ、そっちにいけばいいだけのことですから」

アキコは達観してるわねえと笑った。

「そういうのって、面倒くさくないですか。そっちがいいんだったら、そっちに行け。中間でふらふらしてるんじゃないって、いいたくなります」

「そうよね。それにいくらササオさんが好きでも、向こうにその気があるかどうかはわからないものね」

「そうですよ。二十二歳の女子ですから。業務には興味があったけど、あんなおじさんたちばかりの会社に就職しちゃった。同年輩の男性がいなくてつまらないって思われていますよ」

しまちゃんとアキコは顔を見合わせて笑った。

しかしその奥さんは嫉妬《しっと》深い性格だったのか、夫に何度も電話をしてくるようになった。携帯はもちろん、会社にも掛けてくる。電話応対に慣れるため、ササオさんが電話を受けるのだが、彼女の声を聞きたかったらしい。というのは、シオちゃん、しまちゃん経由の情報である。

「ずいぶんしつこいんだよ。奥さんから一日に何度も電話が掛かってくるものだから、ササオさんも『ご家庭で大変なことでも起こったんですか』って心配してるんだよ」

さすがのシオちゃんも困っているらしい。アキコとしまちゃんは、間接的に、「私は妻だ、あの人には妻がいる」とプレッシャーをかけているのではないかと話した。でもその気がまったくないであろうササオさんにとっては、何度も掛かってくる電話についてはわけがわからないし、奥さんの「うちの夫に手を出すな」作戦も何の役にも立たない。

「そんなことをしないで、子育てで疲れているんだろうから、子供と一緒にお昼寝をしていればいいのにね」

アキコがつぶやいた。

「不安なんでしょうか。小さな会社だし、大手の企業みたいに生活の保障もないですしね」

「でもそれを承知で結婚したんでしょう。業績もあがっているっていうし、将来について心配しはじめたらきりがないもの」

「いろいろな人がいますね」

しまちゃんの話によると、シオちゃんはササオさんが入社して、浮かれている社内の雰囲気を面白がって、いろいろと話してくるのだそうである。

「会話が増えていいじゃないの」

アキコがからかうとしまちゃんは、

「ああ、そういえばそうですね。会話は成り立っていますね。そんな話題で会話が盛り上がるのも失礼な話ですけど」

と恥ずかしそうだった。

正直、不倫関係の話題になると、アキコはつい緊張してしまう。母が不倫関係にあり、非嫡出子《ひちやくしゆつし》として生まれた立場としては、自分には責任はないとはいえ、肯定も否定もできない。母が生きているときは、姿を見るたびに嫌悪感が湧《わ》いてくることもあったが、母が亡くなり自分もそれなりの年齢になってからは、自分は自分なりに生きていけばいいのだと、開き直った。ただ自分のなかの規則では、よくないことだと思う。だから母を嫌悪したのだろう。しかし他人がどうしようとそれは彼らの自由であり、自分はとやかくいえる立場ではない。

ただ大人として会社の業務に支障を与えるのは、よろしくないのではといいたいだけである。現実にササオさんと関係があるのがわかって怒るのではなく、何もないのにプレッシャーをかける奥さんの気持ちはよくわからなかった。とにかくシオちゃんたちが起業して、不況なのに潰《つぶ》れないでやってきているのだから、穏便《おんびん》に過ごして欲しいと願うばかりだった。

これまで男性だけで、いわば単調な日々を過ごしていた社内が、ササオさんの登場でざわざわと波立ってきたのが幸いして、シオちゃんはその報告により、しまちゃんに邪険に扱われずにすんでいた。しかし日が経つにつれて、最初はちょっとだけ興味を持っていたしまちゃんも、そのうちそんな話題に飽《あ》きてきて、

「他に話すことないの」

といって、シオちゃんを黙らせるようになった。

「また会話が成り立たなくなりました」

しまちゃんは苦笑していた。

「何も話すことがないのも、平穏な証拠なのよ」

「そうかもしれないですね」

その後、社内の新人歓迎会の席で、ササオさんにニューヨーク在住の、外国人の彼氏がいるのが判明して、社内の波立ちはあっという間に凪《なぎ》状態になった。その話をしまちゃんにしたシオちゃんは、とってもうれしそうにしていたという。

「そんなものよね」

「当たり前ですよ。おじさんたちが勝手に盛り上がって有頂天になりすぎたんですよ」

アキコとしまちゃんは笑うしかなかった。

「何だか平和だねえ」

その日の仕事が終わり、自室に戻ったアキコの体に、どすこい兄弟が鉄砲玉ではなく、砲丸くらいの圧力でどすっと音をたてとびついてきた。よろめきそうになるのをぐっと

こらえ、たいとろんを両腕で抱えて撫《な》でてやりながら、二匹にそう声をかけた。もちろん彼らはそんな言葉にも興味はなく、

「ふが、ふが、ふが」

とものすごい鼻息で鼻を鳴らして、必死におでこをアキコの体に押しつけてくる。

「はい、わかりましたよ。ご飯をあげましょうね」

二匹の尻尾《しっぽ》は「ご飯」に反応し、まるで太い針金が入っているかのように、ぴんぴんに立ち、兄弟は重量級とは思えないほどに足取り軽くアキコの後をついてきた。

カリカリにちょっとした、ネコ用おやつのおかかをトッピングしたら、ネコの陸上短距離選手権で、絶対に金、銀メダルが取れるくらいのスピードで、器にとびつきものすごい勢いで食べはじめた。その間にアキコはアジを三枚下ろしにして一口大に切り、大葉ではさんでうすく衣をつけ、油でさっと揚げておかずにした。ここ一週間は、おかずを作る気にならず、炊き込みご飯と具沢山の味噌汁《みそしる》で済ませていたが、やはり一品でもおかずをつくると、ひとり暮らしの夕食も充実感があった。

食後のコーヒーを淹れようと立ち上がると、どすこい兄弟の重量級コンビは、彼らの寝床にと床に重ねて敷いてあるバスタオルの上で、満足そうに前足で顔を撫でていた。動作が見事にシンクロしているのが面白い。そしてそのうち、

「ふう」

と息を吐いたかと思うと、二匹はくっついて寝てしまった。アキコは苦笑しながらいい香りのコーヒーを淹れ、兄弟が寝ている横に座って、冬よりも明らかに人通りが多くなった、窓の外を眺めた。兄弟は一瞬、ふっと目を開けたが、そばにアキコが来てくれたので安心したのか、両腕の間に顔をもぐりこませるようにして、再び寝てしまった。

ママの店は昼間よりも、もっとお客様の出入りが激しくなっていた。シブい外観を撮影する人たちが後を絶たず、満席なのかドアを開けて中をのぞき、何事か話してすぐにドアを閉めてどこかに行ってしまう若者もいた。ママは常連さんに手伝ってもらいながら、手を抜かないおいしいコーヒーを、何十杯、何百杯と淹れているのだろう。「困っちゃう」といいつつも、明るくなった彼女の表情を思い出しながら、ぼーっと窓の外を眺めていた。

カラオケ店の外階段の踊り場で、制服を着た男女の高校生が抱き合っているのが見えた。

翌朝、テーブルの上に朝刊を置き、いつもの習慣で、一面からではなくテレビ欄をざっと見て紙をめくると、社会面の小さな訃《ふ》報《ほう》記事が目に飛び込んできた。

「……」

アキコと半分だけ血がつながっているはずの住職の訃報だった。あるときから、もうお寺に行くのはやめようと、自分のなかで決めたので、住職の奥さんともまったく関《かか》わりがなくなっていた。アキコは三センチ角ほどのスペースに書かれた文字列を何度も何度も確認した。

2

新聞記事には密葬がすでに行われ、後日、本葬を執り行うとある。お寺にうかがっても、奥さんとお話するばかりで、住職とは一度か二度、話をしただけだったが、そのときの印象や、生活を共にされている奥さんの日常の話から住職の穏やかな人柄が偲《しの》ばれた。

（これでとうとう、ひとりぼっちになってしまった）

アキコは小さくため息をついた。息子さん二人と孫もいるので、遺伝的にはささやかに血がつながっているのかもしれないけれど、そこまで身内といえる人を求める気はなかった。

それよりも奥さんの心情を考えると、お気の毒で仕方がなかった。しかし彼女はどうしてアキコがお寺に来たかという本当のところを知らない。理由を聞いたらびっくりしてしまうだろう。アキコは彼女にその話をするつもりはないが、このまま無視していいのだろうかと気持ちが揺らいでいた。住職の本葬に檀家《だんか》でも何でもない自分が、何度かお世話になったからと、のこのこと参列していいものなのだろうか。おまけに自分は住職からみたら、好ましくはない存在なのだ。

「どうしたらいいのかな」

そうつぶやいたとたん、膝《ひざ》の上にどすっという重みを感じた。びっくりして見てみると、たいが跳び乗ってきた。

「あー、あー」

と鳴きながら、アキコの膝から半分落ちそうになっているのに、よじのぼろうと必死になっている。それを見たろんのほうは、自分も自分もと訴えるように、アキコの顔を見上げて、

「わあわあ」

と大きな声で鳴いた。

「はいはい、わかりましたよ」

アキコがたいを膝の上からおろし、床の上に座ると、巨体のどすこい兄弟二匹は待ってましたとばかりにとびついてきて、

「ぐふう、ぐふう」

と鼻を鳴らしながら、大きな頭をこすりつけてくる。

「たいもろんもいい子ね。あー、いい子、いい子」

と声をかけながら、右手でたい、左手でろんの頭から首にかけて撫《な》でてやった。すると

兄弟はいつものごとく相談したかのようなシンクロ状態で、ころりとアキコの目の前に横になり、

「ここも、ここも」

と同時に訴えてきた。

「はい、わかりました」

アキコは平等に力を入れながら、二匹の体を撫でた。

「くくーっ」「んかーっ」と表現は違うが、二匹はそんなふうに聞こえる小さな音をそれぞれ発しながら目をつぶり、ときおり、ぴくっぴくっと体を動かす。

「本当にいい子たちねえ」

声をかけながら体を撫でてやっているうちにアキコは、この子たちがいるんだから、私はひとりぼっちじゃないんだ、と思い、最初に身内に入れなかったこの子たちに申し訳なくなった。

「ごめんね、変なことといって」

つぶやいたとたん、ろんが、

「ん?」

と目をつぶったまま、顔をアキコのほうに向けた。しかし、

「特に何もないわけね」

といったふうに、元の位置に頭を戻して、また眠りに入った。

結局、アキコは三十分間、兄弟の相手をさせられた。しかし兄弟は時計も持っていないのに、アキコとしまちゃんが、仕入れに行く時間に間に合うように、さっと立ち上がって自分たちのベッドに行ってくれる。出かける前には、ちょっとだけ鳴いたりするけれど、邪魔をしないいい子たちなのだ。

「私のところに、あんなにかわいくていい子たちが来てくれたのだから、私は幸せだと思わなくちゃ」

行ってくるねと寝ている兄弟に声をかけると、ぴくっと耳は動いたけれど、二匹はころりと寝たままだった。

店でいちばん大事なパンの仕入れに行くと、ずっと天然酵母のパンを焼いて卸《おろ》してくれていた店主が、

「閉店も考えなくてはいけないかも」

という。原料の値段が年々上がり続けていて、その分をすべて価格に反映するわけにもいかず、なるべく人件費を削減しようと、夫婦で間に合わない分は、奥さんのお母さんが手伝ってくれていたのだが、体調を崩して来られなくなってしまった。そして今度は奥さんの腰痛がひどくなり、それを聞いた彼女の親友が手伝いに来てくれたものの、子供の受験や学校の用事ができて、こちらも毎日は来られなくなってしまった。

「それで週三日の営業にして、営業時間も短くしたんですけどね。そうなるとまたありがたいことに、お客さんが集中するようになってしまって。せっかく足を運んでくれたのに、個数制限をして売り切れですっていうのも失礼なような気がするし。でも申し訳ないけれどそうしなくちゃならなくなるのかなって。僕一人で朝から晩まで、何から何までやらなければならないのにも限界があるから。今日も奥さんの腰が悪くなって、病院に寄って午後からじゃないと店に出られないんです」

アキコよりもずっと若い店主の彼は、うれしさと悲しみがいりまじったような、複雑な顔で笑った。原料や他の部分に手を抜いて、経費を抑える方法もあるのだろうが、まじめな彼らはそれができないのだ。そしてそのまじめさ、正直さが彼らをつぶしていくことに、アキコは胸が痛くなってきた。

「うちに卸してくださっている分のお値段だけど、店頭で販売しているのと同じにしてくれませんか。今回からそうしましょう。私もこのパンが使えなくなると本当に困るから」

そう提案すると、彼は何度も「申し訳ありません」と「ありがとうございます」を繰り返して、伝票を書いて渡してくれた。

「アキコさんのお店に行った方が、パンがおいしかったといって、何人も来てくださっているんですよ。お世話になったのに、こんなふうになってしまって……」

「いいのよ、そんな。よく、どこのパンですかって聞かれるから。お客様がそうしてくださったのなら、それだけで私もうれしいわ。だから無理をしないように、細く長く続けてね。奥さんも早くよくなりますように」

アキコの背後でパンが入ったボックスを抱えていたしまちゃんも、小さな声で、

「どうぞお大事に」

といって頭を下げた。

仕入れた品々が積まれた帰りのレンタカーの中で、アキコは取り扱っている、あらゆるものの値段が、少しずつ上がっている現状を考えた。野菜が高騰したときなど、スープに入れる量を減らすわけにもいかないので、仕入れに行くときにはどきどきしていた。それでも何とかやってこられているのは、税金はあるけれど、店の家賃を払わないで済むからだった。アキコは不動産や地価に関してはまったく疎かったが、ママの話によると、

「ここは駅からすぐだから、アキちゃんの店くらいだったら、ひと月三十万はするよ」

といっていた。ママはまだ駅周辺がのんびりしていた時代に、店舗を買っていて、今だったら逆立ちしたって無理、といっていた。彼女がいうように、それだけの家賃を払ってこの店を続けるのは、とても無理だ。しかしこの店も、母だけの力で買ったわけではなく、亡くなった先代の住職の財力によるものだったのだ。

また訃報《ふほう》を思い出した。自分は本葬に行くべきではないのに、奥さんの心情を考えると、知らんぷりはできない。無関係のふりをして参列できるかもしれないが、やはり後ろめた

い。助手席に座って前を走っている車を眺めながら、つらつらと考えていると、それまでずっと黙って車の運転をしていたしまちゃんが、

「パン屋さん、大丈夫でしょうか」

とぼそっといった。

「体調の問題だからこちらからはどうしようもないし。ずっと無理を重ねていたんでしょうね。あの品質であの値段だったら、どこかにしわ寄せがくるはずだけど。それをあの若いご夫婦が全部かぶっていたのね」

「そうですね。気持ちの優しい方々だから、本当にお気の毒です」

しまちゃんは注意深く周囲に気配りをしながら、事故多発の立て看板が立っている幹線道路を右折した。

それからお店でお客様から、

「パンがおいしい」

といわれると、うれしい反面、複雑な気持ちになった。


その日はお客様が多く、午後四時過ぎに閉店になった。ママの店には相変わらず客足が絶えない。ガラス窓をから拭《ぶ》きしていたしまちゃんが、

「今、ピンクの髪の毛を三十センチくらい立てた人と、真っ赤なざんばら髪の人と、真っ

黄色のアシンメトリーのヘアスタイルの人が、ママさんのお店に入って行きました！」

と目を輝かせてアキコに報告した。

「えっ、男の人？」

「そうです。みんな鋲《びょう》や鎖がいっぱいついた、黒い革の上下を着ていたから、バンドやってる人たちみたいですけど」

「へえ、そういう人たちも、ふつうの喫茶店に行くのね」

「評判になっているから、見に来たんでしょうか」

「このあたりはライブハウスも多いから、出演前にコーヒーを飲みに来たのかもしれないわね」

「でも、ちょっとママさんの店には合わない感じですよね」

しまちゃんはふふっと笑った。

「たしかに。でも彼らもそういった趣味かもしれないわよ。人は外見だけじゃわからないし」

「インスタで見たのかもしれないですね」

しまちゃんは掃除をしながら、興味津々の様子で、ママの店をずっと見ていた。

「今日は、シオちゃんは？」

いつものように小一時間の後始末がすべて終わり、リュックを背負ったしまちゃんに、アキコは声をかけた。

「さあ、出張には行っていないみたいですけどね。昨日、ちょっとお腹《なか》をこわしたって、いってましたけど」

「あら、大変。大丈夫？」

「大人の男が腹をこわしたくらいで、がたがたいってくるほうがおかしいんです。生きていれば腹ぐらいこわします」

眉間《みけん》に皺《しわ》を寄せていい放った彼女の顔があまりに面白くて、アキコは思わず、

「あっはっは」

と笑った。

「そうよね、たしかに生きていれば、お腹くらいはこわすわよね。でもシオちゃんは、そういってしまちゃんに優しくしてもらいたかったんじゃないの」

「そういうところが嫌なんですよ。症状が重いのなら私もそれなりに対応しますけど、たいしたことがないのに甘えてくるところが、まったくもって軟弱なので」

と顔をしかめた。

「そこをこう、シオちゃんをうまーく掌《てのひら》の上にのせた感じで、口だけでもいいから慰めの言葉をいっておくと、関係がスムーズにいくんじゃないの」

「はあ、別にスムーズにいかなくてもいいんですけどねえ。私は奴《やつ》が掌の上にのってきた

ら、たたき落としますね」

アキコはまた、

「あっはっは」

と笑ってしまった。

「でも、いちおう『薬は飲んでおけ』とはいっておきました」

「どうしてお腹をこわしたのかしら。めずらしく暑い日があったから、冷たいものでも食べすぎたのかな」

「久しぶりにみんなが揃《そろ》ったので、会社帰りに居酒屋に行ったっていってました。ササオさんがものすごくお酒が強いらしいんです」

「ああ、新入社員の容姿端麗で仕事ができる女の人ね」

「そうです。何だかわかりませんけど、彼女がぐいぐい飲んでいくので、男の人たちが負けるもんかみたいになって、全員、撃沈したらしいです。どうしてそんなつまんないことを競い合うんですかねえ」

アキコは笑いをこらえ続けていたが、しまちゃんはにこりともしなかった。

「それでは穏便《おんびん》にお過ごしください。お疲れさまでした」

アキコが頭を下げると、彼女は、

「ありがとうございました」

といつもの部活のお辞儀をして、帰っていった。

鍵《かぎ》を手に店の外に出て、商店街の人混《ひとご》みのなかを遠ざかっていく、しまちゃんの後頭部を見送り、シャッターを閉めようとしていたら、彼女が目撃した、ピンク、真っ赤、真っ黄色の髪色の三人がママの店から出てきた。

「久々にまともなコーヒーを飲んだな」

「やっぱり違ったね」

「お手軽ばかりじゃだめなんだな。おばちゃん、あの歳《とし》で一杯ずつコーヒーを淹《い》れて。すごいよなあ」

三人はうなずきながら歩いていった。

(そうでしょう、そうなのよ)

アキコは、一見、ぶっとんでいるような彼らが、素直にまともにママの店を評価してくれて、心からうれしかった。商店街の人たちは見慣れているのか、彼らの外見に驚く人もおらず、三人はごくふつうに人混みにまぎれていった。

自室に戻ると、どすこい兄弟は仰向けになって、へそ天で寝ていた。起きるとまたうるさいので、そーっとドアを閉め、忍び足で歩いていると、背後から、

「んにゃー」

という声がした。しまったと思いながら振り返ると、寝転んだろんと目が合った。

「あら、起きたの」

　声をかけたとたん、ものすごい速さで起き上がり、

「にゃああ、にゃあああ」

　と鳴きながら駆け寄ってきた。その声を聞いたたいも、遅れをとってはならじと、太い脚で一生懸命に走ってくる。

「ねえ、もしかして『起きたの』っていったのを、『ご飯あげる』と勘違いしてない？」

「ご飯」というワードを聞いただけで、兄弟のテンションは上がり、「ご飯、ご飯、ごっ、はっ、んっ」の大合唱になった。

「はいはい、わかりました」

　兄弟のカリカリを入れた器をのぞくと見事に空になっていた。ウェットフードの器も洗ったようにきれいになっている。気温も上がってきたので、食欲もより出てきたらしい。アキコがカリカリが入った袋を手にしただけで、兄弟の声はひときわ高く、大きくなった。

「わかった、わかったから。ちょっと静かにしてください」

　そういって聞くような兄弟ではない。とにかくご飯、遊ぶ、寝るだけで生きているような子たちなのだ。

「はい、ちょっと待ってください」

　足元に兄弟がまとわりついて、よろめきそうになりながら、アキコはカリカリを補充し、

兄弟の大好物のマグロのネコ缶をそれぞれの器に入れ、両手に持ってご飯を置いているトレイのところまで歩いた。その間、ずっと兄弟は目をアキコが手にした器から離さず、

「わあ、わあああ」

と鳴き続けている。

「はい、どうぞ」

トレイの上に器を置くと、待ってましたとばかりに、兄弟がそれぞれの器にむしゃぶりつき、それを見ながら、アキコは苦笑するしかなかった。がふっがふっと音をたてながら、口をめいっぱい開けて、ネコ缶を食べていたたいは、途中、顔を上げてぐっと喉《のど》を動かしたかと思うと、再び器に顔を突っ込んだ。

「ほら、喉に詰まらせないで。ゆっくり食べなさい。お水もちゃんと飲むのよ」

アキコが声をかけても、兄弟は目の前のご飯に目を奪われて、がっつき続けていた。そしてあっという間に器は空だ。そうなると兄弟はシンクロ状態で、訴える目つきになってアキコのほうを見て、

「にゃあん」

と甘えた声を出す。

「だめよ、たくさん食べたでしょう。あなたたちまた太ったような気がするわ」

それでも兄弟は、精一杯かわいい顔をして、まん丸い目でじっとアキコを見つめる。巨

体のオスネコ二匹が、丸い目を見開きかわいい声で鳴いて、精一杯かわいいアピールをしているのを見て、アキコは噴き出しそうになった。

「わかりました。じゃあ、ちょっとだけよ。たくさんはないのよ」

ネコたちに大人気のペースト状のおやつを取り出すと、精一杯見開いていた二匹の目の大きさが一・五倍になり、

「わあああ、わあああ」

と喜びの大声を出しはじめた。ペーストが入っている小さなスティックの封を切ると、

「くあああああ」

と鳴きながら二匹が突進してきた。

「ちょっと、待ちなさい、こらっ、今、あげるから」

アキコがおやつをあげるというよりも、二匹に攻撃的にしゃぶり取られるといった具合で、右手にたい、左手にろんが必死の形相で食べている。先に食べきったろんは、しばらく空になったスティックの切り口を舐《な》めていたが、もうないとわかったとたんにすぐに方向を変えて、たいが舐めているスティックに突進した。

「んがあ」

たいはスティックの切り口から絶対に離れず、必死に抵抗して右手でろんの大きな顔を押し返した。

「があ」

ろんもたいの右手攻撃をかいくぐって、何とか食べようとするものの、残念ながらたいもすべて食べてしまった。目の前の肉弾戦を見ながらアキコが、

「あなたたちは食べることにしか興味がないの？　本当に幸せだっていうのがわかってる？　世の中には大変な思いをしているネコさんやイヌさんたちがいるんだよ」

と声をかけても、二匹は、

「はて、何のことでしょう」

と澄ましている。そしていつものように、シンクロしながら右手で口のまわりを撫ではじめ、うっとりした顔で、

「ふう」

と息を吐いた。

「まったく、ねえ」

アキコも小さく息を吐いた。

ネコを保護してくれる人はとても増えてきたが、殺されるネコやイヌもたくさんいる。東京都がはじめて殺処分がゼロになったというニュースを聞いて、これがずっと続きますように、そして日本全国がそうなりますようにと願った。ふと食欲の鬼のどすこい兄弟に目をやると、二匹並んで俵のように転がって寝ていた。目をつぶったまま、たいが左手を

伸ばして前に寝ているろんの背中を触った。ろんはどうするかと見ていたら、ぴくっと体を動かして自分の左手を伸ばし、しばらくにぎにぎしていたが、手をおろして、

「がー」

と小さく鳴いて寝てしまった。彼らは世の中に渦巻く悩みとは無関係で生きていた。そしてそういった姿を見て、幸せな気持ちがわいてきて、いやなこと、悩みを忘れられるのだろうなと、アキコはあらためて気付かされた。

アキコはこのところずっと引っかかっていた、本葬へは参列しないと決めた。奥さんにはもう少し時間が経《た》ってから挨拶《あいさつ》に行くか、何かお花でもお贈りしたほうがいいのではと考えた。

「しまちゃんはどう思う?」

仕事の前にする話ではないので、閉店した後片づけのときに聞いてみた。本来ならばしまちゃんにするべき話でもないのだが、相談する相手がいるわけでもなく、彼女は身内みたいなものなので、意見を聞いてみたかったのだ。

「うーん」

しまちゃんはうなりながら真剣に考えてくれているらしく、だんだん目を見開き顔が赤くなってきた。その必死の形相にアキコは、

「ご、ごめんね。変なこと聞いちゃって。いいの、いいの、聞かなかったことにして」

とあわてた。

「いえ、大丈夫です。難しい問題ですけど、私がアキコさんと同じ立場だったら……やっぱり行かないと思います」

「ああ、そう」

「相手の方が自分の立場を知っているのならともかく、そうではないようなので。やはり檀家さんたちが中心になられるでしょうから、遠慮なさってもいいんじゃないでしょうか。ご挨拶はのちほどでいいと思います」

「そうね、ありがとう。そうするわ」

「すみません。偉そうなことをいって」

しまちゃんが恐縮して頭を下げるので、アキコは再びあわてて、

「こちらこそプライベートな話をしちゃってごめんなさい。迷惑だったわよね」

と謝った。

「いいえ、こんな自分に聞いていただいてうれしかったです」

彼女は恥ずかしそうに笑った。

しまちゃんがいうには、彼女の地元はまだお寺との結びつきが強く、お寺に何かがあると、家族全員でお手伝いに行ったり、住職が亡くなったときは、他県に住んでいる息子たちまで呼び寄せて、本葬に参列したりしていた家まであるという。

「ただそんな家が多いなかで、うちはちょっと違ってて……。両親とも自分は行きたくないものだから、じゃんけんをして負けたほうが行くと決めてたんです。近所には内緒だったんですけど。家族ぐるみで来ている人たちが多いから、『あんたのとこ、奥さんや息子たちはどうした』とか、聞かれるわけです。そのたびに具合が悪くなって寝込んでるっていって。本当は兄は遊びに行ったりしてたんですけどね。『あんたたち、行き帰りに誰《だれ》にも見つかるんじゃないよ。行くときも帰るときも、遠回りだけど通院するふりをして病院の前を通っていけ』なんていわれたりして」

しまちゃんの両親は、寺はともかく檀家総代の男性が気にくわないので、

「あいつが偉そうにしている場所には行きたくない」

といって、それで何か集まりがあると、じゃんけんで参加するほうを決めていた。

「親は私たちには具体的な理由を話さなかったんですけれど、いろいろとお金の問題があったり、自分によくした人間によくしてやるという、まあ、時代劇の悪代官のような奴だったみたいです」

「悪代官ねえ。そういう人たちはだいたい成敗されるんだけど」

「ええ。でもその家は代々そういった性格の男性ばかりで、母の話だと代替わりしても同じような感じのようです。自分で何でも牛耳りたい人がいると、面倒くさいですよね」

「お寺に関《かか》わるのなら、総代も人間的にそれなりに立派な人じゃないとね」

「いちばんやっちゃいけない家がやっているみたいです」

ああ、そうなのかとうなずきながら、しまちゃんが自分の考えに同意してくれてほっとした。

「今日はシオちゃんはどうしてるの」

アキコは何も考えず、軽い気持ちでリュックを背負った彼女に聞いた。

「今日は……」

しまちゃんの顔が曇った。

「一緒に食事です」

「あら、いいわね。明日は店が休みだし。久しぶりでしょう」

「まあ、そうですけど」

しまちゃんは浮かない顔をしながら、二人で焼き肉を食べる約束をしたこと、その後、絶対にうちのネコを見たいといって、部屋に来ようとするから、それをどうやって阻止しようかと考えていることを打ち明けた。

「いいじゃないの、部屋に来るくらい」

「面倒くさいですよ。うちのネコだってシオちゃんを覚えているかどうか」

「覚えているでしょう」

「さあ、忘れていると思いますけどね」

覚えていたらいたで、きっとネコをかわいがって、抱っこしたままずっと部屋にいて帰らないだろうし、忘れていたら忘れていたで、

「どうして？　どうしてなのかな」

と悲しそうにつぶやきながらネコにアピールし続け、どちらにせよ、ずっと部屋に居座るような気がするというのだった。

「とにかくしまちゃんの部屋にいたいんだ」

「そうなんですよ。何で一緒に住んでいないかを考えてもらいたいですよ」

事実婚式までして二人の仲をおおっぴらにしたのに、どうしてしまちゃんがそんなに彼が家に来るのを嫌がるのか、アキコも不思議に思っていた。ふつうだったらしばらくぶりに食事をしたり、家で会ったりするのは彼らにとってはとてもうれしいはずなのに、うれしいのはシオちゃんだけのようだ。

「シオちゃんが家に来るのは嫌なの？」

「ええ、嫌です」

しまちゃんは顔をしかめた。

「えっ、どうして？」

しばらく彼女は黙っていたが、

「自分の部屋の同じ空間のなかに、自分とほぼ同寸大の人の形をしたものがいるのが、鬱《うっ》

陶《とう》しいんです」

といった。アキコは心の中で、

(自分とほぼ同寸大の人の形をしたもの)

と何度も繰り返し、シオちゃんはそう思われているのかとおかしくもあり、気の毒にもなってきた。

彼女は以前、シオちゃんに、「自分はいわゆる一般的な結婚は望んでいない。妻がいて子供がいてという家庭生活を望まれても、私にはそれはできないので、別の人を探して欲しい」といったのだそうだ。すると彼は、

「しまちゃんじゃないといやだ」

と半泣きになったそうだ。

「式は失敗でした」

しまちゃんは事実婚式を後悔していた。それでシオちゃんが勘違いしてしまったのではないかと疑っていた。

「あれが結婚式だって思っているんじゃ……。私たち、いまだに他人なんですから」

たしかに籍は入れていないけれど、あの式によって、事実婚をしていると公にしたのではとアキコが話すと、

「そうなんです。そこのところが失敗でした」

これからシオちゃんと会って、久しぶりに食事をするのに、変な方向に話を持っていってしまったと、アキコも後悔した。

「ごめんね、これからシオちゃんと食事をするのに。二人で仲よく楽しく焼き肉を食べてね。ねっ、楽しく食事をしてね」

アキコが念を押すと、しまちゃんはにっこり笑って、

「大丈夫です。焼き肉大好きですから。私、いやなことがあっても、焼き肉を前にすると全部消えていくんです」

といった。

（いやなことって……）

またまたアキコの心は痛んだが、

「シオちゃんに優しくね。あの人、本当にいい人だから。しまちゃんもそれは十分わかっていると思うけど」

「はい。大丈夫です。にっこり笑ってシオちゃんと会います」

しまちゃんの笑顔を見て、アキコは力が入っていた両肩をふっとゆるめた。

「お疲れさま。今日は楽しく、明日はゆっくり休んでね」

「はい。ありがとうございました」

しまちゃんはいつものように店を出ていった。

自室のドアを開けると、どすこい兄弟が、

「うわあ、うわあ」

と大声で鳴きながらアキコを待っていた。「おかえり」と喜んでいるわけではなく、

「早く、ご飯くれ」

といっているのは、アキコはよくわかっていた。

「わああ、わああ」

アキコが動くたびに、兄弟が小走りでついてくる。

「はいはい、ちょっと待って」

アキコとどすこい兄弟はいつまでも部屋の中で、追いかけっこを繰り返していた。

3

休みの日の翌日、アキコは仕入れに出かける準備をしながら、しまちゃんとシオちゃんはどうしたかなあと考えていた。照れているのかもしれないが、しまちゃんはいつまで、シオちゃんにあのような態度を取り続けるのだろうかと、アキコは気になっていた。とは

いえ年輩の者があれこれ口を出すのも気が引けたし、二人がよければいいのだけれど、それにしても、もうちょっと何とかしてもいいんじゃないかと思う。しかしそれも若い人の間では、たいした問題ではないのかもしれないとも考え直した。

変な口出しをするのはやめようと思ったのに、レンタカーを借りてきたしまちゃんに、

「お休みはどうだった？」

と聞いてしまった。何度もこんなことを繰り返しているような気がする。しまったと後悔していると、しまちゃんは、

「それがあちらも頭を使ってきてまして……」

と口ごもった。

「何かあったの？」

「いいえ、特にはありません」

「それならいいけど」

しまちゃんの話によると、その日は約束どおりに彼と焼き肉を食べて、一緒にカラオケボックスに行った。そのとき、いくらいっても曲選びにもたもたしているので、軽くヘッドロックをかまして気合いを入れてやったという。

「あらー」

シオちゃんはカラオケボックスに行くたびに、プロレス技をかけられている。

「二人で何十曲も歌ったんですよ。何回も延長して、そろそろ帰ろうかと思ったら、『久しぶりにフミちゃんやスミちゃんに会いたいなあ』なんていうので、『ふざけるな、私は今日はこのまま帰る。あんたも帰れ』といってやりました」

「あらー」

さぞかしシオちゃんは落胆したことだろうと、アキコは傷心の彼を思いやった。すると彼は、

「うん、そうか。わかった。じゃあそうする」

と素直に引き下がったという。

「かわいそうに」

アキコがつぶやくと、

「ヘッドロックが効いたんですかね。一昨日《おととい》はおとなしかったです」

としまちゃんは淡々としていた。

ところが翌日の休みの日の午前中、突然、シオちゃんが部屋にやってきた。びっくりしたしまちゃんが彼の姿を見ると、右手にキャリーバッグを提げている。中からはアーちゃんがこちらを見て、小さな声で、

「にゃあ」

と鳴いた。するとその声を聞きつけた、フミちゃんとスミちゃんが、ものすごい勢いで

走ってきて、久しぶりに再会したアーちゃんに、じゃれつくように飛び上がって、三匹でわあわあと鳴きはじめたというのだ。

「あら、かわいい」

アキコが笑うと、

「見事にやられました。私もアーちゃんには会いたかったんですけど……。飼い主のほうは別にどうでもよかったのに」

としまちゃんは顔をしかめた。それからは二人とネコ三匹で過ごし、しまちゃんがネコたちと遊んでいる間に、シオちゃんがご飯を作ってくれたので二人でそれを食べ、シオちゃんは夜の八時すぎに帰っていったという。

「アーちゃん、お利口さんでかわいいんですよ。あの子は置いていってくれてもよかったんですけどね。本当にうまいこと部屋に入られてしまいました」

悔しそうな彼女の言葉を聞きながら、アキコは、シオちゃんがどうしたら部屋の中に入れるかを必死に考えたと想像すると、おかしくてたまらなかった。自分一人の力ではどうにもならないので、アーちゃんの力を借りたのだろう。

「まったくうまいことを思いつきますね。感心しちゃいました」

しまちゃんは車を運転しながら、呆《あき》れていた。

「だから、それだけ熱心なのよ。それをちょっと理解してあげてもいいんじゃない」

「ネコをだしにするなんて、ちょっと卑怯《ひきょう》じゃないですか」

「だから、それだけ……」

アキコが噴き出すと、しまちゃんも苦笑していた。

懇意にしているパン工房に行くと、体調が悪いといっていた奥さんも姿を現していた。

「大丈夫ですか」

動作がゆっくりになっている彼女に、アキコは心配して声をかけた。

「大丈夫とはいえないんです。今日もブロック注射を打ってもらって、コルセットもして、っていう感じなんです」

「それは大変ですね。無理をしないでくださいね」

「ありがとうございます。みなさんがうちのパンを待ってくれているのに、思うように提供できないのが申し訳なくて」

「それよりもご自身の体を大事にしてください。体をこわしたら何にもならないから」

「はい、ありがとうございます」

奥さんはとても悲しそうな顔をしていた。アキコもしまちゃんも胸がきゅっと締めつけられた。

奥さんが掃除をするために、売り場に入っていったのを確認した店主が、

「実はここならいいかなっていう工房のパンがあるんですけれど、ちょっと食べてみませ

んか」

　とバゲットと食パンを素早く小さくカットして、アキコとしまちゃんにくれた。奥さんがいる前では出しにくかったのだろう。ひと口食べてみると、パン自体の個性が強く、何も付けずにこれだけを食べても十分成り立つ味だ。

「どうですか」

　店主はパンをしまいながらたずねた。

「うーん」

　アキコはしばらく考えていたが、

「どちらもとてもおいしいけれど、これだとサンドイッチにするにはパンの個性が強すぎるような気がするの。具材をはさんだときにすべてが完成するというか。パンがおいしいのは必要条件なんだけど」

　と返事をした。しまちゃんも後ろでうなずいている。

「ああ、そうですね。そんな気はしたんだけれど、どうかなって思ったので」

「ということは、やめるのが前提っていうことなの？」

　アキコが小声で聞くと、店主は、

「いえ、はっきりとは決めていないんですけど。奥さんがあのような状態なので。身内の話で恥ずかしいですけれど、無理させるのもかわいそうで」

「当たり前よ。体を悪くしてまでやる必要はないわ。ゆっくり休んで体を治してもらえれば」

「そういってもらえるとありがたいんですけどね。アキコさんのところもそうだけれど、お客さんもたくさんいるし、急にやめるっていうわけにもいかないでしょう。だから同業の友だちとか、他の店でも紹介できるものはないかなって探しているんです」

「あのパンはサンドイッチ向きじゃないけれど、とてもおいしいわ。レストランには評判がいいんじゃないの」

「そうなんです。いくつか話がまとまりました」

「そうでしょうね。うちはどうするかよね。この工房はこちらの希望を聞いて焼いたりしていただけるのかしら」

「うーん、それが頑固一徹の奴《やつ》で、以前イタリアンレストランからそんな話があったらしいんですけれど、そんなものは作れないっていって、追い返しちゃったんですよ。まあその人たちの感じが悪かったんだろうとは思うんですけどね」

「粉物を扱う人たちは、頑固っていうからねえ」

「ああ、そうかもしれないですね」

店主は笑っていたが、その頑固な職人さんたちが、「自分たちはこれ」と自信を持って作っているなかから、アキコの店にぴったりくるパンがあらたに見つかるか、心配になってきた。

「ここの工房、紹介しましょうか」

「そうですね。ちょっと待っていただけますか。私のほうでも考えてみます」

「いろいろとご迷惑をおかけしてすみません」

店主が頭を下げたのと同時に、奥さんが工房に戻ってきた。そして夫の姿を見て、

「本当に申し訳ありません」

と彼女は思い通りに動かない体なのに、小走りに駆け寄ろうとした。

「そんなに謝らないで。とにかく無理をしないでください。私のほうは大丈夫ですから。それではお願いしていた分をいただきます」

アキコがこれからは卸値《おろしね》でなくて売値で買うといったので、伝票の金額が増えたのに恐縮して、また店主と奥さんは頭を下げた。

「いいえ、本当に気にしないで。とにかくお体を大事になさってください」

店主が何度も頭を下げるのに見送られながら、車に乗ったアキコは、シートベルトをつけようとしているしまちゃんに、

「どうしようかしらねえ」

と声をかけた。住宅地の狭い路地を、車は幹線道路に向かって徐行して走っている。

「あの状態で続けるのは大変かもしれないですね」

アキコも路地の左右に目配りしながら、

「奥さんをあの状態で働かせるのは気の毒だわ。誰《だれ》か常勤の人を雇うにしても、お給料の問題があるだろうし。お知り合いの方だって、お子さんの学校の状況でどうなるかわからないし」

「いろいろな問題がありますね」

しまちゃんはため息まじりにいった。

「そうなのね。この歳《とし》になってわかるけど、人生って本当にいろいろなことが起きるのよね。私もまさか会社をやめて、この仕事をするなんて思わなかったもの」

「ああ、そうですよね」

「でもずっと会社に勤めていたら、いやだなあと思いながら我慢して、それなりの金額のお給料をもらって、亡くなった母の店を改装して貸して、兼業大家さんになっていたんじゃないかな。でもそれだったら、しまちゃんには一生、会えなかったもの。商店街ですれ違っていたかもしれないけれど」

アキコは交差点の角にある、樹木が生い茂っているお寺に目をやった。ウインカーの音だけがカチカチと聞こえる。車は信号が変わって右折した。

「そう思うと不思議ですね。ちょっと予想外のことが起こったとたんに、人間関係もがらっと変わってしまうんですね」

「もしかしたら、たろとは出会ったかもしれないけれど、しまちゃんが連れてきてくれた、たいとろんには絶対に出会わなかったんだもの。しまちゃんだって、シオちゃんと出会わなかったら、今のようにはなってないものね」

　アキコが彼女の顔を見ると、

「アキコさんのお店で働けるようになったのは、私の人生で最高の出来事なんですけど、シオちゃんの件はまあ、それがよかったのか悪かったのかっていうところですね」

　ときっぱりといった。

「また、そんなことをいって。もう、困っちゃうわねえ」

　アキコが笑うとしまちゃんも、

「すみません」

　と小声で謝って笑っていた。

　車で早朝の商店街の中に入っていくと、すでにママは出勤していて、丁寧に店の外を掃除し、窓やドアを拭《ふ》いていた。

「おはようございます」

　アキコが声をかけ、しまちゃんも背後から挨拶《あいさつ》をすると、

「ああ、仕入れ？　ご苦労さま」

　とママはぐいーっと腰を伸ばした。

「ますますきれいになりますね」

「とてつもなく古いから。せめて外だけでもきれいにしておかなくちゃ。ほら、何だっけ、インスタ映えとかいうの、そのために来てくれる人たちのためにもさ、せっかく来てくれたのに、『こんなとこ?』って思わせたら悪いじゃない。人間でも歳を取ったら、それなりに身ぎれいにしないと」

「申し訳ありません」

「あら、なんで。アキちゃん、ちゃんとしてる……、っていっても仕事用のエプロン姿しか見てないか。そうか、そういえばいつもすっぴんね」

「ええ、まあ、少しはしてますけど」

「もとが悪いわけじゃないにしても、ちょっとくらいしたほうがいいわよ。まあ食べ物商売だから濃くするわけにはいかないけどね」

それからママは、化粧というものは慣れておかないといけない。若い頃《ころ》から化粧をし続けていると、歳を取ってもやり方を忘れないのだが、歳を取ってから急にアイラインだのアイシャドウだのと、いろいろなことをやろうとすると、化粧の技術を習得するのに時間がかかり、うまくいかない。だから少しずつでも今からやっておいたほうがいいというのだった。

「今からでも間に合いますか」

「うーん、アキちゃんでぎりぎりだね。でも器用そうだからすぐコツをつかめるわよ。そうそう、お嬢さん、あなたはそのままがいいわ。それがあなたの魅力だから」

ママにそういわれたしまちゃんは、どう返事をしていいかわからず、とりあえず、

「ありがとうございます」

と頭を下げた。

「そういえば私、会社に勤めているときに、眉毛《まゆげ》を描《か》くのが下手で、両方とも茶色い一直線になっちゃったことがありました」

アキコは三十年も前の、忘れていた恥ずかしい出来事を思い出した。自分では特に気にもせずに出社したのだが、同じ部署の先輩と顔を合わせたとたん、ぷっと噴き出され、

「どうしちゃったの、その眉毛」

といわれた。彼女は、自分のバッグの中から化粧ポーチを取りだして、

「はっ？」

と聞き返したアキコの腕を引っ張ってトイレに連れていった。

そこの鏡に映った眉毛が、それぞれ一直線になっているのを見て、アキコはぎょっとした。先輩は笑いをこらえながら、自分のポーチからアイブロウペンシルを取り出して、一直線をきれいに修正してくれた。

「どう？」

「あ、ちゃんとしました」

「一直線はよくないわよ、直線は」

先輩は笑いながらアイブロウペンシルを自分のポーチにしまい、オフィスに戻っていった。アキコは顔を鏡に近づけ、一直線のときは何となく間抜けな顔になっていたのに、直してもらったらいつもよりも顔がくっきりして見える不思議さに驚いていた。その先輩はそれから十年後、病気で亡くなったのだった。

「一直線はないわねえ。昔、そんな眉毛を描かれているイヌがよくいたけどね」

ママも笑っていた。

「はい、あんな感じだったと思います。何であの眉毛で会社に行こうとしたのか、そのときの自分が理解できません」

二人の会話を聞いていたしまちゃんは、大声で笑っちゃいけないと気にしつつ、声を出さないようにうつむいて笑っていた。

「どうぞご精進ください」

ママはまたお掃除に取りかかった。

「はい、ありがとうございます」

アキコたちも仕入れた品をシャッターを開けて店内に入れ、仕込みに入った。

店も大盛況というわけではないが、お客様は途切れずに入っている。フロアのお客様すべてにサンドイッチをお出しし、隅で店内に目配りしているうちに、パン問題をどうしたらいいかと、アキコは考えはじめた。サンドイッチは中身だけがおいしくても、パンだけがおいしくてもだめなのだ。その重要な位置を占めるパンが仕入れられなくなると、店にとってはダメージが大きい。お客様がおいしそうに食べてくれる顔を見ると、よりアキコの悩みは深くなった。

その悩みはしまちゃんも重々わかっていたが、自分が何もできないのが悔やまれた。これまでアキコには世話になりっぱなしで、自分はただやれることをやってきただけだった。自分一人しか社員がいないのに、何も手助けできない。

しまちゃんはアキコが非嫡出子《ひちゃくしゅつし》として生まれたのに、不良にならなかったことに驚いていた。それどころか偏差値の高い学校に進学して、倍率の高い出版社に就職している。自分の地元の知り合いには、同じような境遇の子がいたが、アキコのような子はいなかった。周囲の大人たちは彼らの生まれについて、聞こえよがしに露骨に噂話《うわさばなし》をしていたし、自分も含めて、彼らに対して温かい目を向ける人が少なかったのだろうと、今になってやっとわかった。彼らにとっては冷たい社会だったのだ。

アキコは自分が想像できないくらい、いやな思いをしてきているに違いないが、いつもゆったりと落ち着いている。人の悪口をいったり、嫉妬《しっと》めいた話をしたことは一度もない。そんな心境に至るまでは大変だったのではないだろうか。アキコはいつも、

「しまちゃんがいなければ、このお店はできなかったわ」

といってくれる。そんな彼女のために、少しでも役に立ちたいと思っているのだが、それができていない自分が情けなかった。彼女の今いちばんの悩みでもある、パンの調達についで今度こそ手助けがしたかった。

店が終わって部屋に帰ったしまちゃんは、シオちゃんに電話をした。頼んでもいないのに、いちいち本日の予定を連絡してくるものだから、彼の状況はいつも無理やり把握させられていた。

「どうしたの？　何かあったの？　大丈夫？」

彼女のほうから連絡してくるのはとても稀《まれ》なので、シオちゃんは心配そうな声で聞いてきた。

「不本意ながら電話した」

しまちゃんは、つっけんどんにいった。

「えっ、不本意って何？　ちょっと待って」

そういいながら彼が場所を移動している様子が、手に取るようにわかった。

「どうしたの？　何があったの？」

彼は子供のように悲しそうな声で一生懸命に聞いてきた。

「パン工房、知らない？」

「パン工房？」

しまちゃんは現在の状況を説明した。

「だから何か知っているかと思って、不本意ながら電話した」

「ああ、そうなんだ。ああ、よかった」

想像していたような悪い出来事ではないとわかり、彼は安心した声になった。

「店舗のサイトの制作もしているんでしょう。そのなかでパン工房とかなかった？」

シオちゃんはしばらく黙っていた。

「あったと思う」

彼はサイト制作の直接の担当ではないのだが、会議で新規顧客の話が出たときに、担当者がパン工房からの依頼を受けたという話をしていた記憶があるという。当時は依頼が集中した時期で、名前は覚えていないけれども、依頼されたなかでは業種が珍しかったので、頭に残っていたという。

「えっ、本当？　どれくらい前？」

「三年くらい前かな。でも東京じゃなかったと思うんだよ」

「とにかくその工房の名前を教えて。すぐに。わかりましたね、よろしくお願いしますよ。それではさようなら」

しまちゃんに「よろしくお願いします」といわれたことがないシオちゃんは、

「うん、わかった。すぐに知らせるね」

と尻尾《しっぽ》をぶんぶん振っているような様子で、電話を切った。そしてすぐにしまちゃんのところに、彼から電話がきた。東京ではないけれど、若い夫婦を地元の人が手伝って、五人で天然酵母のパン工房と店舗を開店したので、そのサイト制作を依頼されたという。

「そのお店、まだあるよね」

「うん、アドレスを送っておくから」

「ご苦労、それじゃ」

シオちゃんはまだしまちゃんと話したかったようだが、彼女はそれをきっぱりと無視して電話を切った。

早速、パン工房のサイトにアクセスしてみると、緑を背に若い夫婦と中年女性一人、若い男女が一人ずつ、にっこり笑っていた。彼らが販売しているパンのたたずまいもよく、しまちゃんは翌日、アキコにその話をした。

「ええっ、本当?」

アキコも早速その場でサイトにアクセスして確認した。

「パンがどれもおいしそう。丁寧《ていねい》に作られているのがわかるわね。しまちゃん、ありがとう。別の方面から探す、そういう方法もあったわね。シオちゃんもちゃんと覚えていてくれてすごいわ」

アキコが感激していると、しまちゃんは、

「この話がうまくいくかわからないですけれど、たまには人の役に立ってもらわないと困りますから」

と自分のことはさておいて、淡々としている。

「話がまとまるかどうかは、これからの話だけれど、候補が見つかったたっていうことだけでも、明るい気分になるじゃない。もし話がまとまらなくても、それによってまた見えてくる部分もあるだろうし。まずどういうパンなのか食べてみたいわね。ただ定休日がうちと同じだから……」

そうつぶやいたとたん、しまちゃんが、

「シオちゃんに行かせます」

といい放った。

「パンも何種類か買ってきてもらって、お店の様子とか偵察させたらどうでしょうか」

「偵察っていうのは何だけど、まずパンを食べてみないとわからないから。しまちゃんに行ってもらってもいいんだけど、そうなるとお店がね……」

「大丈夫です。たしか工房がある市内のクライアントに用事があるはずですから。確認します」

しまちゃんはすぐにシオちゃんにＬＩＮＥを送り、それを見ながら、

「近々、日帰りで行くそうです」

といい終わるか終わらないうちに、彼から電話がきて、二人は話し合っていた。しまちゃんが何度も、

「会社の迷惑にならないようにして」

と念を押しているのが、アキコにはうれしかった。

「はい、それでは」

つっけんどんに電話を切ったしまちゃんは、たまたまパン工房はシオちゃんのクライアントの会社からバスで十五分くらいの場所にあり、明後日、日帰り出張をしたときに、店に行って買ってくるという。

「悪いわね。お仕事なのに」

「そんなきっちりとした打ち合わせじゃないようなので、大丈夫といっていました」

「助かったわ。ありがとう」

「いいえ。早く次のパン屋さんが見つかればいいんですけれど」

「そうね、うまくいくといいわね」

現在、お世話になっているパン工房のご夫婦に負担をかけないためにも、なるべく早く次の取引先を見つけたかった。

二日後、夕方の閉店間際にシオちゃんは頼んだパンと、会社へのおみやげが入った袋を、

両手にいっぱいぶらさげて店にやってきた。しまちゃんはすぐに店の前に置いてある黒板を店内に入れた。

「シオちゃん、ありがとう。突然、ごめんなさいね」

「どういたしまして。こんなことくらいしかお役に立てなくて」

彼は額ににじむ汗を拭きながら、テーブルの上に買ってきたパンを広げた。

「ご苦労であった」

しまちゃんに労《ねぎら》われて彼はうれしそうだ。食パン、バゲット、バタール、カンパーニュ、クイニーアマン、レーズンパン、カスタードクリームパン、つぶ餡《あん》などが入った和風パンもあった。アキコはひととおり眺めた後、

「それじゃ、いただきます」

とまず食パンに手を伸ばした。しまちゃんが三人分の水を持ってきてくれた。

「おいしい」

小麦の香りがふわっとして、食感も柔らかすぎず硬すぎずでちょうどいい。

「これもおいしいです」

しまちゃんはバタールを食べている。そしてクリームパンを食べているシオちゃんをじろりと見て、

「最初っからそれを食べる人います？」

と低い声でいった。

「えっ、あっ、ごめんなさい。いけなかったですか。あの、本当にすみません」

シオちゃんが口元にクリームをつけたまま、あわてふためいているので、アキコは、

「いいのよ、何から食べても。どう？　おいしいかしら？」

「はい、とってもおいしいです」

シオちゃんはにっこり笑った。三人で少しずつ他のパンを食べてみたが、すべてにおいて、そのパンの特徴を活《い》かすよいバランスで作られている。

「お店の人もとても感じがよかったです。それほど広くないお店なのですが、僕の荷物が多くてどうしようかと考えていたら、わざわざ預かってくれて。それに子供やお年寄りに、みんながとても優しいんですよ。おばあさんが店員さんの若い女の人に話しかけていたら、わざわざ奥からご主人が出て来て話をしたりして、みんなに好かれているパン屋さんっていう感じでした」

「それはいいわね」

アキコはうれしくなったものの、そういう地元に密着したパン工房がこの店にパンを卸《おろ》してくれるかが問題だ。通販もしているので、地元だけで商いをしようと考えているわけではないだろうが、店に卸すとなると話は別だろう。

「シオちゃん、本当にありがとう。助かったわ」

「はい、何でもいってください。僕でできることなら何でもやりますから」

彼はにこにこ笑いながら、帰りがけにしまちゃんの顔をじっと見て、

「じゃ」

といって店を出ていった。しまちゃんは、

「うむっ」

とうなずいただけだった。

「しまちゃん、どう思う」

「おいしいです。秘めた個性があります」

「そうなのね、前に出すぎないっていう。それでもちゃんと主張があるのよね」

このパン工房と交渉をはじめようと二人の意見は一致した。

「どうしたらいいかしら。話の流れ上、会社の担当の方をとびこえてっていうのはよくないし。でも担当の方の手を、煩わせてしまうのもね」

「担当の人は、奥さんにササオさんとの仲を邪推された人なんですよ」

事実婚式のときに、シオちゃんの会社の人と顔を合わせたので、アキコも顔は覚えている。

「それじゃ直接、私のほうから彼に連絡をしようかしら」

「はい、でもその前にシオちゃんからも、ひとこと伝えてもらうようにします」

「そうね、そのほうがいいわね。何から何までありがとう」

「奴のできる仕事はそこまでです。それ以上は明らかに力不足なんで」

「また、そんなこといって。彼は立派に仕事ができる人よ」

しまちゃんは笑っていた。

アキコはしまちゃんが、予想外のところからルートを見つけてくれて、ほっとしていた。同業者の紹介をたどって探すのは、楽でもあるし多くの工房の人に会える可能性もあるけれど、だからこそ難しい部分もある。紹介してくれた人の立場もある。ただ現状としては、紹介してもらった工房のパンは、お店で使うのは難しく、今、卸してもらっている工房もこの先、どうなるかわからないので、次の候補は確保しておきたい。とにかく先方がどう応じてくれるかが問題だった。

シオちゃんが担当者に話をすると、彼からアキコにすぐに連絡があった。

「先方は『光栄なお話なので、前向きに検討したい』といっていました」

そしてアキコの店については、雑誌で見てよく知っているといっていたと聞かされた。

基本的に取材は断っていたが、前職でお世話になった方からの依頼を一度だけ受けたのだった。会ったこともない人にそういわれて、アキコは緊張してきた。

4

店を二日続けて休みにした一日目、アキコはパン工房に挨拶《あいさつ》に行くことにした。前日のパンの仕入れのときに、これまでお世話になった店主の男性にこの話をすると、彼はほっとした顔をして、

「そうですか。それはよかった。話がまとまるといいですね」

と喜んでくれたが、工房のステンレス製の棚に寄りかかっていた奥さんが、その会話にうなずきながらも、悲しそうな顔をしていたのに胸が痛んだ。

最初は自分一人で行こうと思っていたのだが、しまちゃんに話をすると、一緒に行きたいという。自分のほうがずっと年上なのに、彼女にそういってもらえて、内心、ちょっと安心した。しまちゃんは従業員というより、もはやビジネスパートナーだった。といっても彼女は働きはじめたときから態度はまったく変わらず、でしゃばるわけでもなく、アキコにあれこれ忠告するわけでもなく、アドバイスを求められれば、自分の考えを述べるような人だ。仕事ができる人にありがちな、オーナーと対等になろうとか、ましてやそれ以

上になろうとかいう気持ちはなく、黙々と自分の仕事をし、この店について考えてくれていた。そんなアキコの右腕のしまちゃんが、一緒に来てくれるのは心強い。ここ何年か、負うた子に教えられて浅瀬を渡り続けているような気がしてきた。

アキコたちは奮発してグリーン車に乗り、乗る前に買った駅弁を食べた。お茶はアキコが温かいほうじ茶を水筒に入れて持ってきていた。桜の季節は終わり、窓の外は緑でいっぱいになっている。これから大切な仕事の打ち合わせがあるというのに、ちょっとした社員旅行気分だった。

「駅弁なんて何年ぶりかしら。勤めているとき、出張で食べたきりだから……、二十年以上前かも……」

そのときはこれから大御所の作家のお宅を訪問する予定で、駅弁を食べておかずの味が濃かった記憶しかなかった。とにかく作家の前でお腹《なか》が鳴らなければそれでよかったのだ。帰りの車中でお茶を飲みながら、緊張がとけてやたらとため息が出たのは覚えている。

「私もそうです。だいたい長距離の電車に乗るときは、おにぎりと水筒を持っていってましたから」

「まあ、えらい。自分で作ったの？」

「はい。中身が鮭《しゃけ》とかおかかとか、海苔《のり》で包んだ簡単なおにぎりですけど。それに麦茶を水筒に入れて。でもつい、手がソフトボールの感触になじんでしまっていて、大きさもそのくらいになっちゃうんです」

「それは大きいわね」

「はい。そばに座っていた人に、びっくりされたことがあります」

しまちゃんは箸《はし》を持ったまま、ふふっと笑った。今日の駅弁はおいしかったが、おかずの味付けは甘めだった。こういう味付けが今の人には好まれるのだろう。

「便利だけど、全部がペットボトルっていうのはつまらないわねえ。ゴミも増えるし」

ほうじ茶を飲みながらアキコはつぶやいた。駅弁売り場には必ずお茶も売っていて、昔は陶製の小さな急須《きゅうす》と蓋《ふた》代わりの小さな湯飲みがセットになっていたのが、そのうちポリエチレン製になった。中に緑茶のティーバッグが入っていて、そこにお湯をそそいでもらって車内で飲むのだった。

「私、貧乏性だから、駅弁の空になった容器とか、陶製の湯飲みセットとか、家に持ち帰っていたのよね。何に使うっていうわけじゃないけれど、もったいなくて捨てられなくて。そうそう当時はペットボトルなんてないから、会社の給湯室でいちいちお茶を淹《い》れてたなあ。もちろん女性の社員だけがね。今だったら問題になるけど。編集部では甘い物嫌いのおじさん編集者は別にして、みんな自分の席で手でつまめるお菓子はよく食べてたなあ。

男の人もコーヒーに大福とか」

「へえ、そうなんですか」

「そうそう、編集部の隅にお菓子置き場があってね、いただきものだったり、総務の人がお菓子がなくなると補充してくれたりしたの。甘い物に目がない五歳年上の男性の先輩がいて、いただきもののお菓子が届くと、まっさきにその人が取りにいって、おまんじゅうを『うまいなあ、これうまいなあ』っていって、食べながらゲラをチェックするの。自分だけ食べているのは気が咎《とが》めるのか、『ほら、おいしいからみんな食べたほうがいいよ』ってしつこく私たちに勧めるの。みんな、『はーい』っていちおうは返事だけして、くすくす笑いながら仕事をしていたのよ。その人、いつも健診でひっかかって、甘い物かお酒かどちらかひとつにしろって、お医者さんにいわれて頭を抱えていたけど」

「頭を使う人は糖分が必要だっていいますからね」

「さあ、どうなのかなあ。ただ甘い物が好きなだけだったと思うわよ」

「ふふふ、それじゃあ、私の頭脳パンと同じですね」

「食べた効果は……」

「まったくないです」

「それじゃ同じかも」

二人で笑い合っているうちに、目指す駅に到着した。

ホームで時計を確認したしまちゃんは、

「一時間半くらいですね」

とかかった時間を告げ、出口を確認して、

「こちらですね」

とアキコを案内してくれた。

（やっぱり負うた子に教えられただわ）

と思いながら、アキコはしまちゃんの後ろを小走りについていった。

アキコが聞いた感じから、シオちゃんの取引先の会社が駅のそばにあり、そこからバスで十五分のところにパン工房があるのかと思っていたら、工房のほうが駅の近くだった。

「まったく、駅を基準に話せばいいのに、そういうところが気が利かないんですよ。聞いたほうが混乱しますよね」

しまちゃんはむっとしていた。

「でも会社からバスで十五分のところに、パン工房があるのは間違いないわよ」

「それはそうですけど、駅からは逆方向だし、人に場所を教えるときに……。とんちんかんじゃないですか」

「そこがシオちゃんのいいところじゃないの？」

「そうでしょうか……。使えないなあ」

帰ってから絶対にシオちゃんはしまちゃんに締められるなと、アキコは心配になった。

アキコはパン工房に電話をして、電話口の店主の奥さんに、これから訪問する旨《むね》を伝えた。駅前のロータリーから五分ほど歩いた住宅地のなかに、そのパン工房はあった。木造の古い住宅の一階が店舗になっていて、お客さんでいっぱいになっている。接客をしているのは、中年の女性と高齢の男性だ。

「すごい人気ですね」

「本当ね」

アキコとしまちゃんはすぐに店内に入ることができず、店内が空《す》くのを待っていたが、工事現場のお兄さんや、おじさん、子連れの若いお母さんたちが次々とやってくる。店から出てきた現場で働くお兄さんは、パンがいっぱいに詰まったレジ袋を両手に提げて去っていった。

「すごい量ですね」

しまちゃんが振り返って感心したようにつぶやいた。

「重労働だから、一つや二つじゃ足りないんでしょう。あれは三時のおやつじゃないかしら」

「ああ、そうですね。おやつを楽しみにまた三時まで働くんですね」

十五分ほど外で待っていると、やっと空いてきた。店から入ってよかったのかと躊躇《ちゅうちょ》したけれど、アキコたちは、

「こんにちは」

と声をかけて店内に足を踏み入れた。

「あっ、こんにちは。わざわざおいでいただき申し訳ありません」

奥さんは丸顔で、ノーメイクなのに肌がつやつやと輝いている。

「あの……」

「はい、お顔は存じあげております。ほらほら、お義母《かあ》さん、あの雑誌に載っている方が
……」

彼女が奥に声をかけると、白衣を着た年配の女性が、

「ああ、これ、これね」

とアキコが取材を受けた雑誌を持ってきた。そして記事とアキコを交互に見ながら、

「まあ、ご本人のほうがずっと美人」

といった。

「あの、ああ、おそれいります。今日は突然お邪魔して申し訳ありません」

アキコはあわてて頭を下げ、しまちゃんも三歩後ろから頭を下げた。

「あと十分くらいで、昼休みになりますから、それまでちょっとお待ちいただけますか。

申し訳ありません」

アキコとしまちゃんはうなずいて、きれいに並べられている数々のパンを眺めていた。

「どれもおいしそうね」

「本当にそうですね。サンドイッチには難しそうですが、これもおいしそう」

しまちゃんはナッツやレーズンがぎっしりと詰まった、パン・オ・レザンを指さした。

「たくさん買って帰りましょうね」

アキコはうれしくなって、しまちゃんにささやいた。

「はい」

しまちゃんの返事に力がこもっていた。

アキコはサイトで見た店員さんとは違う人たちが働いているのを見て、従業員が変わったのかなと首を傾《かし》げた。二人は工房の隅にあるテーブルに案内された。

「狭いところにすみません。お食事はお済みですか？　よろしければこちらをどうぞ。私たちも同じものを一緒にいただきますので、申し訳ありません」

店主夫婦の言葉に二人は恐縮した。

お義母さんと呼ばれた女性が、恐縮しながらトレイの上にコーヒーとパンとサラダをのせて持ってきてくれた。

「電車の中でお弁当を食べたんですけれど……。おいしそうですね」

アキコは目の前のトレイをじっと見た。一・五センチくらいの厚さにスライスされた、パン・オ・レザンの上にクリームチーズが塗られているものと、バナナの輪切りが三切れと少量のはちみつがのっているものに、レタスとトマトの、枝豆が彩りにのせられた小さなサラダがついていた。コーヒーもおいしそうな香りを漂わせている。

「サラダはね、あそこのスーパーで買ってきたものなの。ごめんなさいね」

お母さんは弾むような明るい声でそういって笑った。

「いえいえ、どれもおいしそうです。いただきます」

さっき駅弁を食べたはずなのに、パンはするすると胃の中に入っていった。店主は、

「今日はね、変則的なんですよ。いつもいる若い二人が遊びに行きたいって、お休みしているんです。一人は花火大会、もう一人は音楽フェスだっていってました。そのかわりにうちの母と近所のヤマオカさんに来てもらっているので」

二人は食事をしながら、よろしくと頭を下げた。

「ミワコさんは明日、お休みだったよね」

「はい、申し訳ありません」

ミワコさんと呼ばれた中年女性は、手にしたパンを置いて、小さく頭を下げた。

「ずいぶんふだんと違って殊勝な態度だね」

ヤマオカさんと紹介された、店頭で接客をしていた高齢男性が、彼女をからかった。

「あら、私はいつもこうですよ。素直を絵に描《か》いたような性格ですから」

「こういっていますけどね、厳しいんですよ。私、手伝いに来るといつも怒鳴りつけられるんですよ。女房よりも怖いんですよ」

彼がアキコに笑いながら訴えると、ミワコさんは、違う違うと手を振りながら、

「本気になさっちゃいけませんよ。私はちょっとだけ注意しているだけなんですから。怒鳴ってなんかいませんから」

アキコは笑いながら、ミワコさんは店全体に目配りをしているんだろうと察した。

「以前、おみやげでこちらのパンをいただいたのですが、本当においしかったです。今日のパンもとてもおいしい」

アキコが正直に感想をいうと、ヤマオカさんが、

「そうでしょう。私は長い間、パン職人をしていましたけど、ここのは間違いない」

と大きな声でいった。

店主の男性が、ヤマオカさんは地元で長い間親しまれたパン屋を経営していたこと、思うように体が動かなくなって店をたたんだけれども、パンの知識がとても豊富なので、助けてくれていることなどを話してくれた。

「本当はやろうと思えば店は続けられたんでしょう」

店主がたずねるとヤマオカさんは、

「うん、まあね。でもさ、七十半ば過ぎるとさ、もうひとがんばりが命取りなんだよね。ほどほどっていうものがあるからさ。お客さんには申し訳なかったけど、あんたたちがいい店を出してくれたから、本当におれは安心したよ」

とパンをかじり、

「ハードパンは、ちょっと年寄りには辛《つら》いんだよね」

と苦笑した。

「あのね、柔らかいものばかり食べていたらだめなんですってよ。ちょっとずつ嚙《か》んで食べなさい」

ミワコさんが口を挟んだ。それに対して彼は、

「うん、そうだね」

と素直に応じている。こういうことなのねとアキコは笑いをこらえた。

話好きのヤマオカさんは、自分は勉強はできなかったけれど、パンのことに関してはどういうわけか、頭に入った内容は忘れない、だから店頭で様々な種類のパンが売られているけれど、名前も価格も全部頭の中に入っているといった。

「まあ、すばらしいですね」

アキコの言葉を聞いた彼は、うれしそうな顔で笑った。

食後のコーヒーを飲みながら、アキコはパンの仕入れの話をはじめた。これまでの状況を説明すると、工房の人たちはみな気の毒そうな表情になり、

「無理をして体をこわす人が多いんですよ。僕たちの仲間でもそういう人たちがいました。特に腰痛持ちの人には辛いですね」

と店主の男性がいうと、みな大きくうなずいていた。

「私も三回、ぎっくり腰をやりました」

ヤマオカさんが真顔でいった。

「あれは癖になってね。どういうわけか忙しいときに限ってなるんだよね。なのにうちの女房は一度もならなかったんですよ」

「二人ともなったら大変だから、それで仕事がうまくまわるようになっていたんじゃないの」

「でもおれだけなんだよ」

「それはふだんの行いの差でしょ」

ミワコさんがまた口を挟んだ。店主夫婦とお母さんはそれを見ながらくすくす笑っていた。

「お話中、失礼しました。どうぞ」

ミワコさんからのキューが出たので、アキコは話を続けた。現在、店でどういったものを出しているか、どういうパンを使っているかを説明した。店主はしばらく考えていた。

「サンドイッチ用ですよね」

「はい、基本的には。私はいただいた、クリームチーズをのせた、レザンも好きなんですけれど、サンドイッチにはちょっと……」

「そうですね。基本的には自由に使ってもらえればいいかと思いますけど、具を挟むとなるとちょっと難しいかな」

「食パンがとてもおいしかったので、これからの季節は、シンプルなきゅうりのサンドイッチはどうかしらって思ったんですけれど」

アキコがそういうと、店主の奥さんが、

「あれはおいしいですね。シンプルだからごまかしがきかない。ずいぶん前に有名な店で、アフタヌーンティーセットで、はじめてきゅうりのサンドイッチをいただいたんですけど、それはパンがぱさぱさでひどいものでした。こんなものじゃないはずって、自分で作ってみたら、いくらでも食べられそうなくらい、おいしかった」

「あのときは本当に怒ってたよね」

「そうよ、あれはお客さんにもパンにもきゅうりにも失礼だったのよ」

奥さんが同意してくれて、アキコはうれしかった。夏は具が究極にシンプルなサンドイッチがあってもいい。

「それでは食パンは必要ですね」

工房の人たち全員で、アキコの店のパンについて、真剣に考えてくれていた。

「ご存じだと思いますが、うちは天然酵母を使っているので、大量生産は無理なんです。ですからこういっては何ですが、店売りを中心にしたいので、ご希望の量が納品できないときもあると思うのです。もちろん事前にご連絡はしますが、それでもよろしいでしょうか」

店主が申し訳なさそうな顔をした。

「もちろんわかっています。まったくないのは困りますけれど、量が少なくなったらこちらで対応しますので、それは大丈夫です」

アキコはきっぱりといった。

「そうですか、それは助かります。ねっ」

夫婦は顔を見合わせてほっとした顔になった。

値段についても正直に話し合い、無事、双方が納得する結果が出た。

「よかった、ありがとうございました。一時はどうなることかと思って……」

「それはそうですよね。お店を一軒経営するっていうのは大変なことですよ。私もこの店についていては、応援しながらも心配でね。売れ残ったら、毎日、自分が全部買ってあげなくちゃいけないかしらって、ずーっと思っていたんですよ。でもそんなに食べきれないから、ご近所にお裾分《すそわ》けするとか。でもそうなったらパンが売れなくなるしなんて、あれこれ考えちゃって」

お母さんが笑いながらアキコに声をかけた。

「でも売れ残ったことはないもんね」

ヤマオカさんはまるで自分の店のように得意げだった。

「おかげさまでねえ。ありがたいことですよ」

お母さんは何度もうなずいていた。

アキコが店主と具体的な納品の量と発送について確認して、商談は終わった。担当はこの人ですとしまちゃんを紹介すると、彼女はびっくりした顔でアキコを見た。大事な休憩時間を邪魔して申し訳ありませんと謝ると、ヤマオカさんが、

「同じ顔ばかりだと飽《あ》きちゃうから、たまにお客さんが来てくれたほうがいいんですよ」

といってくれた。彼が何をいおうが、店主夫婦はにこにこと笑っていた。休憩中に申し訳ないと再び謝りながら、アキコとしまちゃんは、店頭に並んでいるパンを選んでいた。シオちゃんが買ってきてくれたのは、バゲットもバタールもカンパーニュも、カットされていたり小さいほうのサイズだったと知った二人は、迷わずどれもホールサイズを買った。店内のものは全種類欲しいくらいで、それをぐっと抑えたつもりだったのに、結局、持参したコットンバッグ三つに、現場で働いているお兄さんが買ったのと同じくらいの量を買ってしまった。

「ありがとうございました」

店を出ようとすると、お母さんが、

「いいご縁をいただいて、ありがとうございました」

と声をかけてくれ、そして全員で店の外に出て見送ってくれた。

「こちらこそありがとうございました。またご連絡させていただきます」

アキコとしまちゃんは、何度も頭を下げ、手を振りながら店を離れた。

帰りの電車の時間まで、少し間があったので、駅の上の喫茶店で二人で休憩した。線路が見える窓際の椅子《いす》に座ったとたん、しまちゃんが、

「いい方たちでしたね」

としみじみといった。

「本当ね。ありがたいわ。でもその話を伝えるのは、心が痛むけれど」

アキコの頭の中には、新しい取引先の話をしているときの、パン工房の腰を痛めた奥さんの悲しそうな顔がこびりついていた。

「取引先を探してくださったり、新しいところが決まりそうだといったときも、よかったっていってくださったけど、店主の彼も辛かったと思うの」

「悪いことをしたわけでもないのに、つながりがなくなってしまうんですね」

「厳しいわね。誰《だれ》も悪くなくても、辛いことをいわなくちゃならなくなるのが」

二人は黙ってカフェオレを飲み、辛い気持ちとうれしい気持ちがいりまじった、複雑な思いを抱えて帰路に就いた。

ママにおみやげを渡そうと、喫茶店をのぞくと、めずらしく空いていて、アキコたちと

も顔なじみの常連さんが一人だけいた。店に入ってきた二人を見たママは、目をアキコの店に向けて確認した後、

「あれっ？　今日は休みよね」

といった。

「そうなんです」

アキコは今日の出来事を説明し、

「これ、おみやげです。とってもおいしいんですよ」

と、先日シオちゃんが買ってきたのとは違う種類のパンをと思いつつ、やっぱりクイニーアマンやカスタードクリームパンや和風パンも入っている袋を差し出した。

「あらー、ありがとう。どのパンもいい顔してるね。でもあんたにはあげないよ」

ママは常連さんの顔を見ていい放った。彼は悲しそうな顔になった。

「何でだよう、おれにも一つちょうだいよ。パン、好きなんだよ」

「だめ。あたしが大事に食べるから」

「冷たいなあ。おれ、この店のこと、結構手伝ってあげてるよ」

「はい、ありがと。ありがと」

二人のやりとりを見ていたしまちゃんは、

「あのう、よろしかったら……」

と自分の袋から、レーズンパンと和風パンを取り出して、彼に渡そうとした。

「ほら、あんたがごちゃごちゃいうから、お嬢さんが気にしたじゃないのさ。ごめんね。大丈夫、あたしがちゃんとあげるから。ありがとう、気を遣ってくれて」

ママは彼に和風パンを渡した。すると彼はアキコたちに、

「ありがとう。いただきます」

と礼をいって、その場で食べはじめた。

「あっ、これはうまい。パンの香りが違う。うん、うまい。どこで売ってるんですか」

アキコがパン工房の場所を説明すると、

「ああ、そうかあ。うーん、何かそっちに用事がないと行かれないなあ」

と残念そうだった。そして、

「まだあるんでしょ。もう一個ちょうだい」

とママにねだり、カスタードクリームパンをせしめていた。自分たちだけではなく、他の人もおいしいと感じてくれているのだと、アキコはうれしくなった。

「ありがとう。ごちそうさま」

というママと常連さんの二人の声を聞きながら、アキコとしまちゃんは店を出た。

「今日は朝からお疲れさまでした。明日はゆっくり休んでください」

アキコが労《ねぎら》うと、しまちゃんは、

「はい、ありがとうございました。それではまた明後日《あさって》」

とパンが入った袋を提げて帰っていった。その後ろ姿をしばらく見送ってから、アキコは家に入ろうとした。ママの店を振り返ると、次から次にお客さんが入っていくところだった。

パンはどすこい兄弟のおみやげにはならないなあと思いながら自室のドアを開けると、二匹はどどどどーっと足音を立てて走ってきた。そして、

「わああ、わああ」

とアキコの顔を見上げてひとしきり鳴き続ける。

「お留守番ありがとう」

頭や体を撫《な》でてやったら、やっと落ち着いてきた。その後は立ち上がってアキコが手にしたパンが入った袋に首をつっこみ、

「これ、何これ、おれたちの？　おれたちのでしょ」

と頭だけではなく両手までつっこんでパンを引っぱり出そうとするので、

「これは食べられないでしょう。あなたたちのご飯じゃないのよ」

そうアキコがたしなめると、兄弟は、

「わあああ、わあああ」

と不満そうな声で鳴き続けた。アキコがパンが入った袋をテーブルにのせると、彼らの

目がじっと袋に注がれている。

「そうだ、とってきのご飯があるから、あれをあげようね。おとなしくお留守番してくれたからね」

アキコはふだん食べさせているウェットフードの三倍の値段のプレミアムフードを買っておいて、兄弟が留守番をしたり、なぜか気持ちが苛立《いらだ》っているときに、それを出して心の平安を取り戻させようとしていた。いわゆる餌《えさ》で釣るという方式だが、単純などすこい兄弟はそれにひっかかって、おいしいものをもらうとすぐにご機嫌になり、

「ぐふぐふっ」

と鼻を鳴らしながら、喜んでアキコに体をこすりつけてくるのだった。

その高級缶詰が入っている棚に手をかけた瞬間、兄弟は、

「うあああああ」

と喜びの雄叫《おたけ》びをあげた。こういう自分のご飯に関することは、絶対に忘れないのにはいつも感心する。

「ちょっと待っててね」

といってもおとなしく待つような兄弟ではないので、缶を取り出してからは、「はいはい、わかったから」「ちょっと待ってっていったでしょう」を交互にいわなくてはならなかった。二匹は後ろ足で立ち上がり、たいはテーブルの脚、ろんはアキコの体にしがみつ

きながら、上を見上げて大声で鳴き続けた。アキコがちょっと動くと、手を放して二本足で歩く。うまく訓練すれば、二足歩行ができるんじゃないかと思う。

一缶を二つに分けて、

「はい、どうぞ」

とご飯置き場に置いてやると、待ってましたとばかりに兄弟はむしゃぶりついた。「んがが」「ぶがが」とやたらと濁音の多い鳴き方をしながら、あっという間に平らげてしまった。そして口のまわりをぺろぺろと舐《な》め回しながら、

「これで終わり?」

といいたげな顔をする。二匹に一缶なので量が足りないのはわかっている。じっと二匹の顔を見ていると、彼らは目をそらさず、

「そんなはずはない」

と意志の強い目でこちらを見ている。

「うーん。しょうがないわねえ」

アキコがもう一缶、取りだしたのを確認すると、二匹は今度は、

「にゃああん、あーん」

ととてもかわいい声で鳴きはじめた。相談したかのように声が揃《そろ》っている。

「不思議ねえ、あなたたちは」

アキコが器に追加をするのが待ちきれず、たいが缶の中に鼻先を突っ込もうとすると、ろんがあわてて割り込もうとする。

「ほら、あぶない。今、分けてあげるから」

アキコは急いで器に追加分を入れて、

「はい、どうぞ。これでおしまいですよ」

といい渡した。

「わかってますよ」

といったのか、食べている途中で二匹が、顔を上げて、アキコに向かって、

「にゃーん」

と鳴いたので笑ってしまった。

「まったくあなたたちには勝てませんね」

二匹が器に頭を突っ込んでご飯を食べているのを見ながら、アキコはちょっとお腹がすいちゃったと、自分にいいわけをして、袋の中からブリオッシュを取り出した。ちょっと多いかなと思いつつ、いつも使っている浄水器から注《つ》いだ水を飲みながら全部食べてしまった。噛むたびに口の中から鼻にパンの香りが抜けていく。シンプルに水とパンだけでもこんなに満足できるのだなと、アキコはどすこい兄弟の姿を見ながら、体の力が抜けていくのを感じた。

5

パンを卸《おろ》してくれる、新しい工房も決まり、アキコは翌日、今までお世話になっていたパン工房に、最終取引日の相談に行った。奥さんがいないとわかって、少し気が楽になった。新しい工房と取引が決まったことを話し、そちらの都合に合わせるので、いつまで卸してもらえるかとたずねた。

「それはよかった。パン屋はたくさんあるけれど、なかなかオーナーが気に入るところはないですからね」

店主は嫌味でも皮肉でもなく、素直に喜んでくれた。彼はすぐにｉＰａｄを取り出して検索し、

「いいお店じゃないですか。でもこれだけの種類を作るのは大変だろうなあ」

と感心していた。アキコは高齢の男性が店頭で接客をしていてちょっと驚いたと話し、その人は元パン屋さんで、このお店を心から応援している、ふだん働いている若者二人は、フェスと花火大会に行くためにお休みだったので、オーナーのお母さんと、この男性が助《すけ》

っ人《と》に来ていたのだといった。

「そうですか」

店主は何ともいえない表情で黙ってしまった。そしてｉＰａｄから目を上げて、

「僕たちもそういうゆるさが必要だったんですよね」

とため息をついた。

「奥さんがあんなふうになって、やっと気がついたんですよ。自分たちには全然、ゆとりがなかったなって」

「でもお店を経営するのって大変だし、まだ体力もあるからがんばれるって思うでしょう。私は母のお店を引き継いだだけだから、資金の面も楽だったけど、お店の場所探しからはじめてその店をずっと続けるっていうのは、本当に大変だから」

店主はパン屋での修業中もいろいろと大変だったが、決心がついて働いていた店をやめ、自分の店を持とうとしてからも、自分の希望するような店舗が見つからず、見つかったと思ったら、不動産屋の手違いで借りられなくなったり、話がまとまりかけると、最初の賃料から値上げされたりして、しまいには、もう店なんてどうでもいいと思うようになったと話しはじめた。

「その間は無収入ですからね。へたをすると開店資金にまで手をつけなきゃならないような状況にまでなっちゃって。奥さんの収入だけで細々と暮らしていました」

すったもんだがあって、やっと金額的にも折り合いがつくこの店舗を見つけた。

「よかったって夫婦で喜びましたよ。苦労したのもこの物件に出会うためだったんだね、なんて話したりして」

「それからは順調だったんでしょう」

「おかげさまで。奥さんも仕事をやめて店を手伝ってくれるようになったし。でもそこから、僕たちはがんばりすぎちゃったんですね」

まじめな仕事ぶりとパンの質のよさと、多種多様なパンに対する消費者の興味もあって顧客も増え、売り上げは順調に伸びていった。

「作れば作るほど売れましたから、うれしかったんです。週に一度の休みの日には、体は疲れているのに、他の店の研究をしようって、あちらこちらの店に行ってました。とにかく自分たちが作って売る物を、接客も含めて完璧《かんぺき》にしたくて、一年中、ずーっとパンのことしか考えてなかった」

仕事にまじめに取り組んでいたからこそ、そうなったのだろう。しかしパンが売れれば売れるほど、だんだん二人は疲弊していった。

「体は疲れているのに、精神が高揚しているから、気がつかなかったんですね。奥さんももっと早く腰の状態に気づいていれば、あそこまでいかなかったんじゃないかと思うんです。僕もそれに気がついてあげられなかった。痛いけど市販の外用鎮痛消炎剤を塗って、寝ていれば治るっていっていたので。たしかに最初はそうだったんです。でもその寝る時間さえ、だんだん短くなっていったんです」

まるで後悔の言葉を紡ぎ出すように、彼はぼそぼそと話した。

「とにかく少しお休みしたらどうかしら。今までまじめに働きすぎたのよ。私なんか向かいの喫茶店のママさんに、いつも『また休むの？』ってお説教されてるくらいなの。自分のお店を維持するのは大切だけど、人に使われているわけじゃないんだから、堂々とお休みしていいんじゃないのかしら」

「僕たちは不安だったのかもしれないですね。夫婦の夢が実現して、軌道に乗った店を失うのが。ちょっとでもお客さんに不満を持たれたら、すぐに他の店に移られちゃうんじゃないかって……」

「他の店に行っちゃうお客様がいたって、仕方がないんじゃない。あなたたちが作っているものは素晴らしいんだから自信を持って。とにかく体をこわしてまで続ける必要はないと思うし、いいお休みの期間だと思って、ゆっくりしたら」

彼は、

「ゆっくり休むなんていうこと、ここ十何年、考えてなかったですよ。ちょっと恥ずかしいです。奥さんにも負担をかけちゃって、かわいそうでした」

とにっこり笑った。ここのところずっと、彼は丁寧《ていねい》に応対してくれるものの、何となく顔つきが暗かった。しかし最近では見たことがないふっきれた表情になってくれたので、アキコの胸に詰まっていたものがすっと消えていくような気がした。

「お二人の負担のないところでお願いしますね。それでは奥様どうぞお大事に」

彼女がそういって店を出ようとすると、彼は、

「本当に何から何まで、ありがとうございました」

と深々と頭を下げた。

「とんでもない、こちらこそ」

一抹の寂しさはあったが、彼らにとって将来につながる、いい休養にして欲しいと願った。

翌日、出勤してきたしまちゃんにその話をすると、

「私はよくわかりませんけど、世の中って不思議な巡り合わせになってますよね。うまくいかないことばかりが続いても、ふっといいことが起きたり。その逆にいいことばかりが続くと、突然、びっくりするようなことが起こったり。私みたいな者がいうのは失礼ですけれど、きっとお二人に休めっていうことなのではないでしょうか」

といった。

「それって神様の仕業？」

アキコが笑いながら聞いた。するとしまちゃんは、

「私は神様は信じないタイプなので」

と真顔になった。

「へえ、そうなの」

「漁師の家で自然相手で、いつ何が起こるかわからないので、子供の頃《ころ》から親にくっついて、近所の神社には参拝していましたけど、漁から戻ってきた父が、『神社に行って神様にお願いしても、人は死ぬときゃあ死ぬな』とか、ステテコ姿でビールを飲みながら平気でいうので、ああ、そんなものかと思ってました。ソフトボールの試合のときも、結局、最後は神頼みなんですけど、まあ、うまくはいきませんよね」

しまちゃんはふふふと笑った。

「神様にお願いして、すべてがうまくいくんだったら楽なものよね」

「そうなんですよ。でもなぜか最後は神頼みなんですよね。テストの前とか」

「ふだん信心深くもないくせに、切羽詰まると最後はそうなるのよね。どうしてかしら」

アキコはそういったものの、父親である男性について考えると、そんなふうによくいえると呆《あき》れたが、自分はそうなのだから仕方がない。

「結局、ただの現実逃避でしょうかね」

しまちゃんは真顔になった。アキコは、

「ふふっ、そうかも」

と笑った後、

「でも今回は、長い間お付き合いしていたのに、こんなことになって悲しかったな」

とつぶやいた。

「それは本当にそうです」

しまちゃんは大きくうなずいた。

「ともかくゆっくり休んでもらって、奥さんの体調が早くよくなってくれるといいんだけれど」

アキコが心配そうに話すと、しまちゃんは黙って何度もうなずいていた。

これまでお世話になったパン工房との取引は、一か月後に解消と決まった。電話口で淡々と話すご主人とは反対に、

「こんなことになって、ごめんなさい」

と泣きながら謝り続ける奥さんが本当に気の毒だった。アキコももらい泣きしそうになりながら慰めていると、また替わったご主人が、

「アキコさんの店で扱ってもらっているのをとても喜んでいたので……。湿っぽくなってすみません」

と小声でいった。これでつながりが切れてしまうわけでもないし、またお世話になることもあるでしょうからと、社交辞令ではなくアキコはいった。

「ありがとうございます。それでは最後までよろしくお願いします」

店主の声は想像以上に明るかった。

「しまちゃんもこれからは仕入れ主任なんだから、お願いしますね」

「はあ……、それなんですけど……。大丈夫でしょうか」

「これまでちゃんと仕事をしてきたんだもの。もちろん最終的な責任は私が全部取るのだけれど、おおまかな仕入れの量はわかるでしょう」

「ああ……、はい。でも……」

しまちゃんがもごもごと口ごもりながらいうには、自分は何かを予測するという能力に欠けているという。

「そう？」

「そうなんですよ。私がソフトボール部で万年補欠だったのも、その予測する能力が欠けていたからです」

バッターを目の前にしたとき、キャッチャーとサインをかわす。それまでのバッターの打ち方や癖を頭に入れ、サインも一致していたのにもかかわらず、ほとんどうまくいったことがなかった。

「でもそれは、しまちゃん一人が決めたわけじゃなくて、キャッチャーやそれこそ監督からの指示もあるわけでしょう」

「それはそうなんですけど、どういうわけか私のときだけうまくいかなかったような。とにかく予測というものに自信がないんです」

「大丈夫。パンの仕入れは試合じゃないから。気楽にやりましょう。うちはその点、ゆるくやってますから」

「す、すみません。がんばります」

「がんばらなくていいのよ。肩の力を抜いてやりましょう」

しまちゃんはいつもの部活のお辞儀をして、ほっとした顔で笑ってくれた。

ひと月後、新しいパン工房から届いたパンは、小麦の香りに包まれていた。以前、購入したときよりも、より力があるような気がする。

「元気があるパンね」

アキコは食パンをひと口食べて、

「うん、おいしい」

と満足した。しまちゃんも、

「おいしいですね」

とうなずいた。

「作る人の勢いなのかな。やっぱりこの間までのパンは、だんだん作る人の疲れみたいなものが、出てきてしまっていたのかもしれないな。あのような状況だったら仕方がないけれど」

品質が落ちていたわけではないのだが、アキコは彼らの心のとまどいに、気づけなかったのは自分の責任もあったかもしれないと反省していた。

彼らより年上の人間なのだから、彼らが作るものに対して、もっと敏感になって、作り手の気持ちを思いやってあげればよかった、そうすれば奥さんをあそこまで追い込むこともなかったかもしれないと、胸が痛んだ。毎回、仕入れていたパンは仕込みのときに試食はしていたが、最初はおいしいパンと満足していたのが、もしかしたら長い付き合いの間に、微妙な味の変化があったのにもかかわらず、気がつかなかったのかもしれない。

そんなことを昨晩、ベッドに横になり、気温が高くなってきたのにすり寄ってくる、どすこい兄弟を撫《な》でてやりながら、つらつらと考えていたのだった。こんな話をしまちゃんにすると、

「絶対にそんなことはありません。それとこれとは無関係です」

と、きっとアキコの顔を見つめていうに決まっているので黙っていた。でもパンは生き物だから、手作りのものは天候にも左右されるけれど、作り手の心情も微妙に表すものだ。彼らのまじめさだけはいつもストレートに感じたが、もっと深い部分も感じ取ってあげられていればと、自分の未熟さを恥じたのだった。

新しいパン工房の店主は、おまけでパン・オ・レザンの小さいタイプを入れておいてく

れた。

「私、これ大好きなの」

アキコが喜ぶと、しまちゃんも、

「本当においしいですよね」

という。

「これは私たちのお昼にしましょうね」

アキコが手に取ってにっこり笑うと、しまちゃんは、

「やったあ」

と大きな声で叫んで右手の拳《こぶし》を力強く挙げた。そしてすぐにはっとした表情になって、

「す、すみません」

と小さな声で謝って肩をすぼめた。

「そんなに喜んでもらったら、このパンも幸せよ」

アキコは笑いをこらえながら、誰《だれ》に盗《と》られるわけでもないのに、棚の上にパンを置いた。

同じように見える食パンでも、もちろん食べれば味も違うし、カットしたときの肌理《きめ》にも違いがある。新しい工房のパンはまったく問題はなかった。それよりもこのパンのために新しいメニューも開発しなくてはと、意欲も湧《わ》いてきた。常連さんの四人からは、

「パン、変わりましたか」

と聞かれた。二人は主婦、あとの二人はデザイン関係の仕事をしているフリーランスの三十代の男性と、料理が趣味という五十代の男性だった。

「はい、そうなんです。いかがでしたか」

「ああ、やっぱり。今日は、スクランブルエッグと、チーズとレタスのサンドイッチをいただいたのですが、今度のパンもとてもおいしいです」

主婦の人たちにそういってもらって、とりあえずはほっとした。五十代の男性は料理が好きで、パン作りにも挑戦したいといっていた。

「このパンは何の酵母を使っているんでしょうかね。僕も天然酵母パンに挑戦したくて、レーズンとりんごでやってみたのに、妻がそれを見つけて、『ぎゃっ、気持ち悪い』って、速攻で瓶ごと捨てられちゃいまして」

と残念そうだった。

「これがどういうものになるかって、説明したんですけど、妻は『腐ってるものでパンを焼くなんておかしい』って。そして『自分でこんな気持ちの悪いものを使って焼かなくても、そういったパンを売っている店はたくさんあるんだから、そこで買えば』っていうんですよね。自分で酵母を作るところからはじめるから、楽しいんですけどねえ」

「ドライタイプのものはだめですか。それだったら奥様も理解してくださるのでは」

アキコが提案すると、

「いや、あの、瓶のなかでぶくぶくしてくるのがいいんですよ。まったくねえ、困ったものです」

彼は苦笑して帰っていった。合理主義の奥さんにとっては、わけのわからない気持ちの悪いものを作って、それでパンを焼こうとする、変な夫になっているのだろう。

その日の二人の昼食は、新しいパン工房でごちそうになった、スライスしたパン・オ・レザンの上にクリームチーズ、バナナをのせたものになった。アキコはこちらに帰ってきてから、早速、クリームチーズを購入し、バナナはそのために買ったのではないけれど、たまたま家にあったものを持ってきた。

「うーん、ちょっとチーズが濃厚だったかなあ」

アキコは一口食べて首を傾《かし》げた。

「そうですか。私はちょうどいいと思いますけど、工房でいただいたもののほうが、もうちょっと軽い感じではありましたね」

「量じゃなさそうだけど。バナナのほうはほんのちょっとにしてみましょう」

このパンには軽い感じのクリームチーズがぴったりだと二人の意見は一致し、どちらにせよ、やはりこのパンはおいしいという結論に達した。

夕方になると店は閉店扱いだが、夕方にまたパン工房からパンが届くので、それまで店は閉められなくなった。アキコが自分が受け取るからいいというのに、いちおう仕入れ主

任になったしまちゃんが、

「私が責任者なのに、家になんか帰っていられません」

というので、閉めた店の中でしまちゃんはふだんはできない、高い場所の掃除をしたり、アキコは新しい花瓶を置こうか、そうなるとその台も必要かもと、店内を歩き回り、二人はそれぞれが考えて体を動かしていた。そして宅配業者のお兄さんがやってくると、

「来た、来た！」

と大喜びで中身を出し、うやうやしく冷房をつけたままの厨房《ちゅうぼう》の棚に置くのだった。

その日も無事終わり、仕入れ主任も納得して家に帰ってくれた。自室に上がるとクーラーの効いた部屋で、どすこい兄弟はへそ天状態で寝ていた。ドアが開く音がしても起きもしない。

（まあ、どういうこと？）

声を出して起こしてはいけないと、アキコが様子をうかがうと、兄弟はクーラーの風がいちばんよく通る場所で、大きな体を仰向けにして、いびきをかいていた。そして時折、中途半端に宙に浮かした両手、両足をぴくっ、ぴくっと動かし、「おれたち、爆睡してまーす」と体で表していた。肉厚の兄弟だからそうやって熱を発散させているのだろう。

アキコは足音を立てないように、そーっと部屋の中に入り、冷蔵庫に入れてあった辛口のジンジャーエールをコップに入れて飲んだ。ふだんは炭酸系のものは飲まないのだけれ

ど、暑くなるとつい飲みたくなる。暑さで鈍り気味の体がすっきりする気がするのだ。実は夏限定でお店で出すために、何種類か取り寄せてみたのだが、そのなかで店に出せないものが、アキコのお腹《なか》の中に入るしくみになっていた。常連さんは水を注文してくれるのだけれど、そうでないお客様は、ジンジャーエールを注文する人も多かった。

「ふう」

ため息をひとつつくと、体がゆるんでいくようだった。十分ほどぼーっとしながら、ママの店に何となく目をやると、次から次へとお客さんが入っていくのが見えた。やはりアイスコーヒーが大人気なのだろうか。ママは濃縮されたアイスコーヒーの素《もと》なんか使わないから、一杯ずつ丁寧に淹《い》れる。その手をかけたアイスコーヒーは絶品で、一度飲んだらまた飲みたくなってしまうのは間違いない。しかし時間も手間もかかるし、大変だろうなと思いながら眺めていた。氷の業者さんも入っていった。氷の消費量も多いのだろう。

「んにゃーっ」

背後で大きな声がした。はっとして声のするほうを見ると、どすこい兄弟が四本の脚を踏ん張り、

「帰ってきたのなら、ちゃんといえやーっ」

といいたげに眉間《みけん》に皺《しわ》を寄せている。

「あら、あなたたちが爆睡してたのよ。お腹を上にして」

どすこい兄弟はどどどどーっと音を立てて走ってきて、

「んがー、んがー」

と鳴きながらアキコの脚に体を擦りつけてきた。

「暑いなか外で働いている人もたくさんいるのよ。それなのにあなたたちは涼しい部屋で爆睡してるなんて本当に幸せなの。わかる？」

アキコが兄弟の目をじっと見ながらいい聞かせると、二匹は、

「は？」

と目をまん丸くしている。その何も考えていないまあるい目を見て、アキコは思わず噴き出してしまった。そのとたん、

「にゃああ」

と鳴いて二匹がアキコの胸にとびついてきた。

「わかった、わかったから、ほら、重い、重いよ」

ぺろぺろとアキコの顔を舐《な》めたり、両手でふみふみしてきたり、兄弟はべったりアキコに甘えていた。が、アキコにとっては甘えられているというよりも、どすこい兄弟の突っ張り稽古《げいこ》の相手をさせられているようだった。

「わかった、ご飯ね、ご飯にしましょう」

ご飯という言葉を聞いたとたん、兄弟はぱっとアキコの体から離れ、キャットフードが

置いてある棚の前に走っていって、

「わああ、わあああ」

と鳴いた。さっきまでの怠惰な姿から打って変わって、なんて敏捷《びんしょう》なんだろうとアキコは感心した。棚からキャットフードを出すと声がひときわ大きくなり、缶詰を開けると、兄弟の目が輝いた。

「はい、どうぞ」

目の前に置いてやると、二匹とも器に頭を突っ込んで食べはじめた。

「私の晩ご飯はどうしようかなあ」

アキコは冷蔵庫をのぞきこみながら、何を作ろうかと考えた。冷蔵庫が開いたのを見たたいは、口をもぐもぐさせながら、

「まだ何か出るのかな」

と期待に満ちた顔をしていたが、

「もう、ないのよ」

という声を聞いてまた器の中に頭を突っ込んだ。

離れた場所からのパンの仕入れは、当初は不安があったが、毎日、無事に店に届いていた。しかしニュースで報じられていた、宅配業者のトラブルや天候の問題で、指定の日に

荷物が届かないというアクシデントをアキコもしまちゃんも覚えていた。

「そうなったらどうしましょうか」

仕入れ主任は、欠品にならないように、最悪の場合を想定して対処しておきたいという。

「パンが仕入れられなかったら、臨時休業にすればいいんじゃない」

アキコがのんびりというと、しまちゃんは、

「えっ、それでいいんですか」

という。

「だってパンがないのだから、サンドイッチは作れないし」

「それはそうですけど……。うーん」

しまちゃんは考えている。

「でも工房で焼いてくださっていたのだったら、それはやっぱり欲しいわよね。でもこちらに運ぶルートが断たれたら、どうしようもないから」

すると彼女は、

「もしそういう事態になったら、私が取りに行きます！」

という。

「えっ、取りに行くの？」

六時台の始発の電車に乗って往復すれば、昼の営業には何とか間に合うのではないかと

いいはじめた。

「それはそうだけど、電車が何らかの事情で動かない場合もあるわよね」

「そのときは車です」

車の手配も全部自分でやり、台風のときも車で行くという。アキコは最初はなるほどと思って聞いていたものの、

「しまちゃん、そんな台風のときにお客様は来ないと思うんだけど」

と小声でいった。

「あっ、それはそうですね」

しまちゃんの顔が真っ赤になった。

「荷物が届かない場合は仕方がないから、そのときは休みましょう」

アキコがなだめると、彼女は、

「すみません。荷物が届かないのはすべて私の責任になるので、そんなことになっちゃいけないと思って」

と体を縮めて照れていた。

「さすがのしまちゃんでも、それは無理ね。そのときは天気や状況に逆らわずに、お休みをいただきましょう」

「はい、わかりました。申し訳ありません」

しまちゃんの顔はまだ赤かった。

季節柄、寒い時季よりは客数は少ないけれど、お客様の数は安定していた。しかし気温が三十六度になると、さすがに人数は減ってくる。高額のかき氷のお店は、猛暑で長蛇の列だそうである。満席になることはないアキコの店に比べ、ママの店は大繁盛で、店のドアが開いたと思ったら、パン好きの常連さんの男性が、トレイにアイスコーヒーやホットコーヒーのカップをのせて出前に行った。そしてまたすぐに店に戻り、しばらくするとまた出前に出て行くのを繰り返していた。

(常連さんまで大変だわ)

アキコは厨房から、ちらちらとガラス窓ごしに、ママの店の様子を見ていた。ふだんあまり見たことがない、業者さんらしき人たちが納品のために出入りしているところを見ると、相当、忙しいようだ。

(ママさん、大丈夫かしら。いくら涼しい店内にいるといっても、一日中、一人で作り続けるのは負担なんじゃないかしら)

しまちゃんはフロアで、お客様から、

「このパンはこちらで焼いているのですか」

と聞かれて、工房の名前と場所を教えていた。

いちばん気温が高くなる、二時過ぎにはぱたっと客足が途絶えた。

「今日はこれで終わりのような気がするわ」

アキコはしまちゃんに声をかけた。

「そうでしょうか」

店の前の通りもいつもより人通りが少ないような気がする。ほとんどの人が手にペットボトルを持ち、アイスクリームを食べながら歩いている人も多い。

「マイ扇風機を持って歩いている人が多いですね」

外を見ていたしまちゃんが振り返っていった。

「ああ、ハンディタイプのでしょう。あれ、三千円くらいなのかな。売れているんですってね」

「たしかに風が自分のところに来るから、涼しいかもしれないけど、でも気温が三十六度もあったらどうなんでしょうか」

「よくわからないけど、クールミストみたいなすーっとする化粧水をスプレーして、風が来たらちょっと涼しいんじゃない」

「ああ、なるほど」

しまちゃんはまた外を見た。

「今度は首にかける、ファンが二個ついているのをしている人がいました」

「へええ、いろいろな形があるのね。そうか、あれだと手で持たなくていいのね。なるほどねえ」

二人はお客様の入りよりも、携帯用扇風機のほうに興味を持ち、店の中から、あの人も持ってる、ほら、あの人も、と、使っている人を見つけては楽しんでいた。

「アキコさん、ほら、見てください。あのご夫婦」

しまちゃんが指をさした方向を見ると、駅のほうから、日傘をさした四十代くらいの奥さんと、同年輩のご主人らしき男性が、ぴったりと寄り添って歩いてきた。彼は手にした携帯用扇風機を奥さんが抱っこしている何かにずっと当て続けている。いったい何かと見てみたら、奥さんの胸元に抱っこされていたのは、ミニチュアダックスフンドだった。ご主人は自分が冷却係にされているのに、にこにこと笑いながら、イヌに何事か話しかけている。そして当のイヌはといえば、喜んでいるというよりも、奥さんの胸元でふんぞりかえっていて、

「あんたがそうするのは当然」

といった態度だった。

「あの子、いばってますね」

しまちゃんがつぶやいた。アキコは、

「家庭内ヒエラルキーがとてもよくわかるわね」

と、自分は帽子もかぶらずに、明らかに喜んで自ら僕《しもべ》になっているご主人の姿を、「こ

ちらも大変」という気持ちで眺めていた。そして仕入れ主任と自分のためにも、パン工房と相談して、お店の夏休みの日にちを、早く決めなくちゃと思った。

6

新しいパン工房との取引はトラブルもなく続いていたが、仕入れをまかされたしまちゃんは、いざ発注の段になるといつも目つきが変わっていた。

「しまちゃん、すごい顔してるわよ」

ある日、その表情に耐えきれなくなったアキコが笑うと彼女は我に返ったようにはっとして、

「あっ、そうですか?」

とあわてて両手で顔を撫《な》で回した。

「どんな顔してました?」

「あのねえ、地獄の底からゾンビが這《は》い出てきたような……」

「ええっ」

「それほどじゃあないけれど、いつもものすごく怖い顔でタブレットの画面をにらみつけているの。最初だけかなと思ったら、ずっとそうだから、何だかおかしくなっちゃって」

「はあ、……恥ずかしい」

彼女は顔を赤らめながら、何度も両手で顔をこすった。

「一生懸命やってくれているんだなって、とてもうれしかったけど顔つきがねえ。あっ、でもソフトボールの試合のときは、ああいう顔をしていたのかな」

「そうかもしれませんね。でもソフトをやめてから、そんな顔をしたことなんてないと思います」

「それだけ真剣にやってくれていたのね。でもパンの注文は勝負じゃないから、肩の力を抜いてね」

「はい、わかりました」

しまちゃんはうなずいた後、

「そうか、にらみつけていたのか」

と独り言をいったが、それがアキコにも聞こえたので、また笑いそうになった。

猛暑でもスープはすべて温かいものを提供していたが、急に気温が下がる日もあり、そんなときにはちょっと重みのあるスープのほうがいいかもしれないと、隠し味に生姜《しょうが》を使った、さつまいものスープをメニューに加えてみたら、トマトスープよりも人気が出てきた。

「こんなに気温が不安定だったら、体がやられてしまうわね」

「このお店の冷房はちょうどいいんですけれど、他のお店に行くと、ここは冷凍室の中じゃないかっていうくらい、冷え切っているところもあるんですよ。特に男の人は暑がりなので、それに合わせて設定温度を低くしているっていってました」

「それでお店の外に出ると、もわっとするのよね」

「そうなんです。熱気に襲われますよね」

室内と外で気温が十度も違うと、いったいどう対処していいかわからない。自分は建物の上から下に降りるだけだけれど、猛暑に通勤したり、屋外で作業をしたりする人たちは大変だろう。

「しまちゃんも通勤は大変ね」

「いいえ、そんなことはないです。学生時代は炎天下で部活をしてましたから」

「それはそうだけど、昔とはずいぶん環境が違ってきているから、無理だけはしないようにね」

「はい、ありがとうございます」

三日後、アキコの言葉が予言のようになってしまった。休みの日の夜、聞いたことがない暗い声で、しまちゃんから電話がかかってきた。

「どうしたの」

「本当に申し訳ありません。熱が出てしまいました」

「あら、大変。病院には行った？」

「はい、風邪のようです。明日一日は休んだほうがいいといわれまして……。本当に申し訳ありません」

「一日で大丈夫？　無理しないでね。明日は仕入れはないし、とりあえず私一人でやるけれど、もしもだめだったらお休みにするから。そうなったらまた連絡しますね」

「本当にすみません」

電話の向こうで彼女が身を縮めているのがよくわかる。

「夏の疲れが出たのかもしれないわね。店のことは気にしないでゆっくり休んでね。あ、そうだ、何か欲しいものはある？　ご飯とか、ちゃんと食べてる？」

「はい、シオちゃんが面倒を見てくれています」

「それはよかった。とにかく無理しないでね。ゆっくり休んで」

しまちゃんの、

「本当に申し訳ありません」

という情けない声を聞いて、アキコは電話を切った。猛暑と激しい気温差で、さすがの彼女も疲れが溜《た》まっていたのだろう。明日は早めに起きなくちゃと思いながら、すぐには寝られなかった。

ふだんよりも二時間早く起きると、どすこい兄弟は、ちゃんと時間を覚えているのか、

「あれ。もう起きるんですか？　ふだんよりも早くおれたち、ご飯をもらえるんですか？」

とのそのそと起きてきた。わかるかなあと思いながら、

「おねえさんが風邪を引いちゃったのよ。だから早く起きないと、お店が開けられないの」

と話すと兄弟は、ふーんと返事をする様子もなく、いつもより早いご飯にかぶりついていた。

身支度を整えて店に入ろうと外に出ると、ふだんより二時間早い商店街は様子が違っていた。いつも起きる時間帯だと、すでに通勤する人たちも歩いているので、一日が動き出した雰囲気なのだが、二時間早いとすでに陽《ひ》は出ているのに、まだ昨夜の続きが残っていて、酔っ払ってビルの入り口にしゃがみこんでいる若者たちや、おぼつかない足取りで歩いているカップルがいたりする、そのなかを半袖《はんそで》シャツに短パン姿の高齢男性が走っていて、アキコはびっくりした。彼はこうやって早朝、ジョギングしていたのだろう。イヌと自分の負担にならないように、猛暑の日中を避けて散歩をさせている人たちも多い。昨日の夜と今朝が混在しているような不思議な感覚になった。

いつもは仕込みも、しまちゃんが半分、いやそれ以上を分担して手伝ってくれるのだけ

れど、今日は自分一人だ。野菜を二倍量カットするのもひと苦労、寸胴鍋《ずんどうなべ》を移動させるのもひと苦労、パンをカットするのもひと苦労。複数の寸胴鍋を火にかけて、アキコはふうっとため息をついて、厨房《ちゅうぼう》の中の椅子《いす》に座った。

「これを一人で続けるのは無理かも」

心ではわかっていたが、肉体的にいかに自分がしまちゃんを頼っていたかが、身を以《もっ》てわかった。

いくら丈夫が取り柄のしまちゃんでも、今日のように体調が悪くなることはある。カップル内のつっこんだ話は聞かないようにしているが、しまちゃんにも子供ができるかもしれない。赤ちゃんをおんぶしても店に来てねといったけれど、妊娠中にずっと仕事は続けさせられない。自分も歳《とし》を取る。

「他人様《ひとさま》ばかりではなく、自分の店のこともまじめに考えなくちゃ」

残念ながら取引をやめざるをえなかった、パン工房のご夫婦を思い出した。

スープやスープの素《もと》も出来上がり、花を活《い》けて店内を整えていると、ママがやってきた。

「おはよう」

「おはようございます」

「あら、お嬢さんは？」

「風邪を引いたので、今日はお休みです」

「ええっ、まあ、それは大変。アキちゃん、一人で大丈夫なの？」

「いやあ、もう、仕込みも一人でばたばたしてました」

「そうでしょう、で、間に合いそうなの？　何か手伝おうか」

　ママは厨房にずんずんと入っていこうとする。

「ち、ちゃんと準備できましたので、大丈夫です。ありがとうございます」

「あんた一人でよくやったわねえ。大変だったでしょう」

「そうなんです。しまちゃんの偉大さがよくわかりました」

「あの子はねえ、黙々と一人で三人分、四人分働く子だから。そうか、それは大変」

「ママさんの大変さもよくわかりました」

「あら、うちはさ、あたしはカウンターの中にいればいいだけだし、最近は常連のほら、あのパン好きが、出前をしてくれたり、接客してくれたりするから助かるんだけどね。まさかあんな体のでかい男をこの店に連れて来るわけにもいかないし。ごめんね、役に立てなくて」

「とんでもない。こちらこそママさんがお忙しいのにお役に立てなくて」

「お互い今日は一人でがんばりましょう。じゃあね」

　ママはそういい残して帰っていった。かと思ったら、しばらくして戻ってきて、

「元気出して」

とコーヒーを淹《い》れて持ってきてくれた。

「ママさん、これへレンドのヴィクトリア・ブーケのセットでしょう。お店の奥に飾ってある」

「うん、お客さんには出さないけど、アキちゃんは特別」

アキコが、ありがとうございますと深くお辞儀をして顔を上げると、すでにママは店に戻るところだった。いい香りとほどよい苦みの液体が体に入っていくと、徐々にちょっと気分が落ちた体が覚醒《かくせい》して元気が湧《わ》いてきた。アキコは飲み終わってもう一度、「ありがとうございます」とつぶやいた。

その日はふだんよりはお客様の数は少なめだったが、それでも厨房と接客を一人でこなさなければならず、あわただしさを表に出すわけにはいかないが、心の中では髪の毛を逆立ててずーっとばたばたしていた。ゆでたまごのように作り置きができない、スクランブルエッグを小さなフライパン三つで同時進行したり、あわてて本当は入れないトマトを、チーズサンドイッチに入れそうになったりした。

三時半すぎに客足が途切れ、分量を調整していた、レンズ豆のカレースープと、アスパラガスとネギのスープもほとんどなくなってきたので、店の前のメニューを書いた黒板を店内にしまい、閉店の準備をはじめた。空になった寸胴鍋を洗うのもひと苦労、それを棚にしまうのもひと苦労。最後までひと苦労の連続だった。

「お疲れさま」

ママがやってきた。

「今朝はありがとうございました。おいしいコーヒーをいただいて、身も心もしゃきっと起きました」

「そう、それはよかった。でもね、明日、体が痛くなるかもしれないわよ。気をつけて」

ママはとっておきのコーヒーカップのセットを受け取り、

「お大事に」

と店を出ていった。

「ふう」

椅子に座るとアキコは二度と立ち上がりたくなかった。しかしいつまでも座っているわけにはいかない。パン工房に、明日から臨時休業にするので、明後日の分と合わせて二日分の配送はなしにして欲しい、明明後日は営業しますので、お願いしますとメールを送った。

「わかりました。こちらは問題ありません」

そう返事がきたので、ほっとして椅子に座った。次にしまちゃんに電話をかけると、昨日の夜よりは声が明るかったが、とにかく「申し訳ありません」と謝り続ける。

「大丈夫、明後日までお休みにしたから」

「えええええ」

彼女は聞いた記憶がないトーンの声を出した。

「私のためにお休みなんて……」

と再び謝り続けるので、

「しまちゃんのためっていうよりも、私のためなのよ。だから大丈夫、ゆっくり休んでね」

電話を切ろうとしても、「すみません」と「申し訳ありません」がいつまでも交互に耳に入ってくるので、

「それじゃあね、はいはい、お大事にね」

とアキコが一方的に電話を切るような形になった。明日、明後日と休むと決めると、ほっとしている自分がいた。

「寄る年波には勝てないわねえ」

ママの店に明日からの休みの件を報告しに行った。

「あらま、そんなに疲れちゃった、あらあら」

半分呆《あき》れたふうに、ママは、

「わかりました！　このところ休みが多いみたいだけど！　どうぞゆっくりお休みください」

そのいい方が皮肉っぽかったので、パン好きの常連さんが、

「ちょっと、ママ、そういういい方はないでしょう。ごめんね、この人、本当は心配しているのに、こんないい方しかできないんですよ」

とアキコに謝った。

「はい、ちゃんとわかっていますから」

アキコはにっこり笑って一礼して店を出た。

「ごめんね」

という常連さんの声と、

「それじゃあね」

というママの声が重なった。

さて、急なお休みをどうしようかと、アキコは自室に続く階段を上りながら考えた。へたに「お休み」などというと、どすこい兄弟が興奮して、二匹で大暴れするのでその言葉は禁句になった。アキコがそばにいるとうれしいのか、休みの日はくっついて離れない。そしてふだんは寝ている時間帯のはずなのに、室内を走り回るものだから、余計にお腹《なか》が空《す》き、食欲も倍増する。

ああ、疲れてやっと寝たなとほっとして、読みたかった本を読んでいると、だいたい二時間ほどで起きてきて、「ご飯、ご飯ちょうだい」と訴える。カリカリが入れてある器を

見ても、空にはなっていない。兄弟は別のご飯が欲しいのだ。それはちょっと長い時間、お留守番をしていたなど、特別なときのご褒美として買ってあるのだが、何も我慢していないのに、兄弟は甘えて、

「ちょうだい」

というのだった。

どこで覚えてきたのかわからないが、二匹で並んで、体形、顔面からは想像できないくらいのかわいい声で、

「にゃあん」

と鳴く。

「あら、なあに？」

返事をすると今度は、ちっこい目を精一杯見開いて、じっとアキコの顔を見つめ、小首を傾《かし》げて、小さい声で、

「あん」

と鼻声で鳴く。ネコなりのテクニックを駆使してくるのである。精一杯、何とか特別なご飯をもらおうとするその態度を見ていると、つい笑ってしまう。すると笑われたことにむっとするのか、とたんに兄弟はいつもの兄弟に戻り、

「わああ、わああ」

と大声で鳴く。きっと、

「何がおかしいんだよう。おれたち真剣なんだよう」

と訴えているに違いない。そしてアキコは根負けして、特別な日用のはずの缶詰をついあげてしまうのだった。

彼らは器に頭を突っ込んで、うにゃうにゃいいながら食べはじめた。大急ぎで食べた後でも、最近は、あの大人気のペースト状おやつがあることがわかっているので、ご飯を食べ尽くしてもじっと待っている。

「もう一つ、何か忘れてやしませんか」

といった表情でじーっとアキコの顔を見る。

「何ですか」

「にゃああ」

アキコは今日は負けないと思うのだが、二匹対一人のにらめっこに負けて、おやつを取り出すはめになるのだった。

そしてその日も、どすこい兄弟の思惑どおりになった。大好きなおやつももらって、むっくりした手で顔を撫で回している大満足の二匹を眺めながら、急な二日間の休みをどう使うかを考えていた。もともと持ち物は少ないのだが、今日の疲労度を考えると、これから歳を重ねるうちに、室内の整理はだんだんきつくなると明らかにわかったので、少しずつ部屋の整理をしようか。そのときふとお寺が頭に浮かんだ。

（お花でも持って、ご挨拶《あいさつ》に行ったほうがいいかな）

葬儀が済んで五か月経ち、少し落ち着かれる頃《ころ》で、今頃がいちばんいいんじゃないかと、明日、出かけることにした。

久しぶりに降り立ったお寺の最寄り駅は、様変わりしていた。角砂糖を出していた昭和の懐かしい喫茶店は、居酒屋を経て今はアニメのグッズショップになり、大勢の外国人観光客が買い物をしていた。以前から外国人観光客は多かったが、どこを見ても外国の人ばっかりで、いったいここはどこ？　といいたくなるほどだった。商店街の店も半分くらい変わっていて、アキコは変貌《へんぼう》ぶりに驚いた。

なるべく大勢の人が歩いていない裏道を通り、商店街の裏手にある生花店で白と黄色の大輪の菊の花を買って、お寺に歩いていった。もっとどきどきするかと思ったら、意外に冷静さを保っていた。途中、アキコが花を抱えて歩いているのを見て、日焼けをして満面に笑みを浮かべている、体格のしっかりした母親と娘らしき外国人観光客が、自撮り棒をつけたスマホを掲げて、一緒に写真を撮らせて欲しいといってきた。快く承諾して三人で写真を撮り、アキコは二人と別れた。

「南米の人かな？　それとも他の国の人かな？　どこから来たかくらい、聞けばよかった」

と後悔した。

お寺から欧米人らしき男性三人女性三人の観光客が出てきて、振り返ってお辞儀をして帰っていった。誰《だれ》か門のそばにいるのかと、身構えながらそーっと中をのぞくと、作務衣《さむえ》を着た奥さんと目が合ってしまった。

「あらあ」

彼女は声を上げて、アキコに駆け寄ってきた。アキコのイメージの中にある、明るくて素敵な印象そのままだった。

「ご無沙汰《ぶさた》しております。それと……ご住職が……」

どういったらいいかとアキコがいい澱《よど》んでいると、

「そうなんですよ、急だったのでね。本当にびっくりしました」

と奥さんはあっさりといった。新聞の訃報欄では死因は伏せられていたので、どのような状態だったかアキコは知らなかった。奥さんに室内に招かれたのを遠慮して、アキコは庭の見える縁側《えんがわ》に座り、

「このたびはご愁傷さまでした」

と抱えていた菊を彼女に渡した。

「ご厚情、痛み入ります。供えさせていただきます」

奥さんは深く頭を下げて奥に入っていった。門のほうで声がしたので目をやると、Tシ

ヤツに短パン姿の外国人観光客が敷地内を覗《のぞ》き、スマホで松の木などを撮影していた。

「本当に外国の方が多くなりましたね」

急須《きゅうす》と茶碗《ちゃわん》と干菓子をお盆にのせて戻ってきた奥さんに声をかけた。

「そうなんです。以前にもいらっしゃいましたけど、最近は特に多くて。昔は駅の周辺はともかく、この辺りは静かだったんですけれど、昼夜関係なくいらっしゃるから、最初はびっくりしましたよ。夜でも庭に人影があるので。今はもう慣れましたけど」

彼女は笑いながら、アキコにお茶と干菓子を勧めてくれた。松の木を撮影していた彼らは、遠慮をしながら中に入ってきて、撮影していいかと聞いてきた。奥さんがもちろんどうぞというと、喜んであちらこちらの写真を撮っていた。

「撮《うつ》す価値のあるものなんて、庭にあったかしら」

奥さんは首を傾げていたが、彼らは庭の隅の手桶《ておけ》やら、箒《ほうき》やら、そこここを指差しては、

「オー」

と感動の声をもらしながら、しばらく撮影し、礼をいって帰っていった。

「門を閉めたらどうかっていう人もいましたけど、住職が寺はみんなに開かれていなくてはだめだっておっしゃっていたので、私も何もしないでそのままにしています。特に被害もありませんし。あ、元住職ですね。今は息子が跡を継ぎましたけど、まだ慣れなくて」

「まだ間もないですから」

「そうですね。でも新しい住職を助けていかないといけませんので」

奥さんは元住職が、法事から帰ってきて、突然、亡くなったとアキコに話してくれた。血縁はないがアキコの母と同じ亡くなり方だったので、不思議なものだなあと思いながら、話を聞いていた。

「新しいご住職がご立派に務められますよ」

「そうだといいんですけれどね。ここだけの話、私に似て間が抜けているというか、おっちょこちょいなんです。そこが心配で……」

以前、奥さんはあまりに眠くて立ったまま寝ていて、住職にびっくりされたと話をしていたのを思い出した。

「でもそこが皆さんに親近感を持たれるのでは」

「だといいんですけれどねえ」

つぶやくようにいって、奥さんはふふっと笑った。その笑い方にちょっと寂しさがあったのを見て、アキコは胸を突かれた。

三十分ほど奥さんと話をして、アキコはお寺を後にした。

「また、いつでもいらしてくださいね」

アキコはありがとうございますと頭を下げて寺を出た。外で食事でもと考えたが、どこを見ても観光客がいっぱいで、入れる店はなかったので、裏道にある仕舞《しも》た屋《や》風の老舗《しにせ》の弁当を買って家に帰った。

ふだんとは違い、早い時間に帰ったので、どすこい兄弟は、

「あれ？　今日はどうしたんですかい。早いね。家にいるんだったら、あのおいしいおやつ、ちょっとくれませんか？　それがだめなら、撫で撫でしてくれるだけでもいいんだけどなあ」

と起きてきた。そしておやつをもらうか、アキコが撫ではじめるまで、二匹でしつこく鳴く。たしかに彼らはかわいいのだが、自分の予定を変更しなくてはならないので、アキコはちょっとため息が出た。気持ちのいい季節になったので、クーラーを使わなくても、寝るときはいつも彼らはへそ天だ。起きたのに、再び彼らはその格好でアキコの目の前に寝た。そして目と声で、お腹を撫でろと命じられる。兄弟を均等に撫でなくてはならないので、アキコは右手に一匹の腹、左手に一匹の腹と振り分け、均等の力で撫でてやる。すると二匹は、

「くうう〜」

とうれしそうな声を漏らしながら、曲げた前足で顔をこすったり、目をつぶってじっとしている。しかしアキコはといえば、床に座ったまま、ＤＪのように両手を水平にずーっと動かさなくてはならない。ＤＪはたまにスクラッチなどの技術を披露するので、二匹のお腹にちょこっとスクラッチをやってみたら、

「にゃっ！」

と同時に、むっとした顔でにらまれたので、それはとりやめ、ただただ兄弟のお腹を一定方向に撫で回していた。

結局、買ってきたお弁当はそっちのけで、二十分間、ＤＪをやらされた。二匹とも大満足でへそ天のまま寝たのを確認し、そーっと両手を離すと指という指にネコの毛がからみついていた。洗面所で手を洗い、排水口の小さなゴミ受けネットが抜け毛であふれそうだったので、それをゴミ箱に捨て、アキコは鏡を見た。それほど疲れた表情をしていないのを自分で確認して、お茶を淹れるために湯を沸かした。

お弁当のもみじの絵が描《か》いてある掛け紙や、十字に縛ってある木綿の紐《ひも》も、すぐにゴミ箱に捨てる気にはならない。子供の頃、こういった紙や紐類を、母のお店のお客さんからもらったクッキーの缶に溜めていたのを思い出した。母はクッキーはほとんど食べなかったし、食べるのはアキコ一人だけなのに、お客さんたちはいつもびっくりするようなとても大きな缶をくれた。もちろん御礼はいったが、こんなにたくさんどうしようと、いつも困ったものだった。しかし母が商店街の近所の子供たちに分けていたらしく、いつの間にかクッキーの数は減っていた。アキコはクッキーよりも、きれいな紙や紐類を入れる器として、缶をもらうのがうれしかった。

ほうじ茶を淹れてお弁当の蓋《ふた》を開け、へそ天で寝ているどすこい兄弟の様子をうかがうと、鼻をひくひくさせていたが、睡魔のほうが勝ったのか、そのまま寝てしまった。何から何まで二匹の行動はシンクロしている。アキコはお弁当を食べながら、どすこい兄弟の転がったぬいぐるみみたいな姿を眺めていた。

翌日アキコは、昨日、一昨日の疲れが出たのか、どすこい兄弟の、

「腹、減ったあ」

という大合唱で目を覚ました。目覚まし時計に目をやると、いつもだったら仕入れに大遅刻の時間だ。休みの日に定時に起きない癖をつけると、仕事の日に寝坊することになりかねないので、アキコはあわてて飛び起きた。しがみつくようなどすこい兄弟に、朝ご飯をあげてまず落ち着かせ、アキコは食卓の椅子に座りながら、いかに一人でこの店を切り盛りするのは大変かがよくわかった。

多くの店はきっちり八時間、もしくはそれ以上、店を開けているのに、またママは店が閉まっている時間のほうが短いのではないかと思うような長時間勤務なのに、ちゃんと店を続けている。かたや自分の店は昼前に開店して、午後四時すぎには閉店する。こんなに勤務時間が短いのに、自分一人だとへとへとだ。しまちゃんの偉大さがよくわかった。

（それにしても、ママさんって本当にすごいわ）

商店街に面した窓から外を見ると、ちょうどママが出勤してきたところだった。紫色のラメの薄手の大きなスカーフを巻き、大きなあくびをしながらドアの鍵《かぎ》を開けていた。

「ごめんなさい、うちは今日もお休みなんです」

小声で彼女に謝った。

お店で使ったあとの、端っこの部分を冷凍しておいたパンをトーストし、目玉焼きの横で一緒にほうれん草とベーコンを焼き、ブラッドオレンジジュースと一緒に食べた。こういう朝ご飯だと、どすこい兄弟が反応を示さないので、落ち着いて食事ができる。魚など焼こうものなら、

「これ、おれたちのですよね、ねっ、ねっ、ねっ」

と後ろ足で立ち上がり、アキコが食べ終わるまで大騒ぎになる。あの巨体でよくテーブルの上に乗れるものだと思うが、二匹でお皿に向かって突進してくるような騒ぎなのである。結局、魚の皿を持って立ち上がり、立ったまま食べたりもした。正直、食べた心地がしなかった。そういえば魚を食べる回数も減っていた。

今日は食材の買い物以外はどこにも出かけずに、家の中の片づけや掃除をすることにした。どすこい兄弟も尻尾《しっぽ》をぴんぴんと立ててうれしそうにして、太い体をアキコにこすりつけてくる。

「はいはい、ちゃんとお昼寝してくださいよ」

ご飯をもらうと満足して、二匹はまたへそ天で寝ていた。

「無防備すぎる」

それだけ自分が頼られているのかとも思うが、いちおう動物なのだから、危機が迫ったら自分たちなりに回避して欲しいといいたくなった。

パン工房に仕入れの数を確認し、しまちゃんに連絡した。

「ああ、今日もお休みなんですよね。本当に申し訳ありません。昨日の夜、完全復活したんですけど……。明日は万全の体調でうかがえます」

「それはよかったわ。でも治ったと思っても、ウイルスは体の中に潜んでいるらしいから、安心しないほうがいいわよ。無理しないでね」

「はい、無理はしていないんですけれど、お腹の具合が悪くって……」

「ええっ」

アキコがびっくりして声を出すと、電話の向こうから、

「ええっ、本当?」

という男性の声がした。シオちゃんだった。

「嘘《うそ》、嘘です。すみません。ずっとシオちゃんがご飯を作ってくれていたもので」

しまちゃんはくすくす笑った。

「あー、びっくりした」

アキコが胸を撫で下ろしていると、

「じゃあね」

というシオちゃんの声と、

「おう、行ってこい」

というしまちゃんの声がした。アキコは携帯電話を耳に当てたまま、

(何なの、それは)

と心の中でつぶやいた。相変わらずの二人だった。

7

「本当に申し訳ありませんでした」

しまちゃんは無事、復帰して、アキコに頭を下げた。

「よかった。大丈夫?」

「はい、完璧《かんぺき》です」

彼女は両手をぐるぐると回したが、ぼきっと音がしたので、二人は同時に、

「あっ」

と声を出し、アキコは笑ってしまった。

「私ならともかく、若いしまちゃんからそんな音を聞くなんて」

「最近は運動不足なので、体がなまってるんです。バッティングセンターにも行ってないし」

その理由を聞くと、シオちゃんがバッティングセンターに行って、ボールを打った翌日は、腕がしびれるといったので、しばらく行くのをやめたのだそうだ。

「あら、それは心配ね」

「シオちゃんも私以上に体がなまってるんですよ。会社の人たちは彼以外は、全員スポーツジムに通っているんですけれど、誘われても行かないんですよね」

「そういえば、ご飯を作ってくれたんでしょう。あなたがお腹《なか》をこわしたっていったから、びっくりしていたんじゃないの」

「あれはいいんです。褒《ほ》めると調子に乗るので。料理が好きなので、まあおいしいんですが、しつこく、『おいしい？　おいしい？』って聞いてくるのがうるさくて」

「体の具合が悪いときに、そうやってお世話をしてくれる人がいるのはいちばんよ」

「まあ、そうなんですけどね」

「それなのに、しまちゃんは……」

アキコは、そんな優しいシオちゃんが会社に行くときに、「おう、行ってこい」といったしまちゃんの言葉を思い出して、笑ってしまった。

「は？」

「だってシオちゃんが出かけるときに……、あんないい方をするなんて」

「そうですかねえ。あんなものですけど。いつもは『おう』だけなので、それより丁寧《ていねい》だったんですが……」

アキコは二人の姿を想像して、また体の中に、ぶくぶくと笑いのあぶくが浮かんできた。

「しまちゃんとシオちゃんが幸せなのは、よくわかりました」

「そうでしょうか」

しまちゃんが今まで、自分たちは幸せだといったのを聞いた記憶がない。いわないのは明らかに照れだとは思うのだが、いつも自分たちの関係を醒《さ》めた目で見ているようなところが、アキコにとっては不思議だった。彼女にとっては、恋とか愛とかではなく、最初から身内のような感覚になってしまったのかもしれない。そしてきっとそうではない想《おも》いのシオちゃんと、これからどうやって二人の関係を続けていくのかなと、工房から届いたパンの数を確認している、しまちゃんの背中を眺めながら考えた。

「間違いないです」

振り返ったしまちゃんは、きっぱりといった。

「はい、ありがとうございます」

アキコは最近、とても評判のいい、レンズ豆とカレーのスープの仕込みにかかった。

「おはよう」

あとは寸胴鍋《ずんどうなべ》におまかせで、ちょっとほっとしたときに、ママがやってきた。

「もういいの？　風邪を引いたんだって？」

「はい、ご心配をかけて申し訳ありません。お陰様で元気になりました」

「見るからに丈夫だからねえ、びっくりしたわ。無理はしないでよ、体が資本だから。あんたがいないからさ、アキちゃん一人でもう大変だったのよ」

「えっ」

しまちゃんの顔色が変わった。

「しまちゃんのありがたみが本当にわかったわ。私一人じゃ、何もできないんだなって」

アキコは苦笑した。

「ええーっ、そんなこといわないでください。私はアキコさんについていっているだけなんですから」

「ううん、気持ち的にはそうかもしれないけど、体力的には逆なの。本当にしまちゃんに助けられてきたんだなって、よーくわかったのよ」

「そんな、そんなことはないですけど……」

しまちゃんは喜ぶどころか悲しそうな顔になった。

「凸凹コンビで助け合ってさ、お店をやっていけばいいのよ、誰《だれ》だって具合の悪いときはあるんだから」

ママはしまちゃんの顔を見上げながら、まるで相撲取りの体を叩《たた》くように、彼女の体を掌《てのひら》でぴたぴたと叩いた。

「ほら、いい体してんのよ、あんた。さすがだね。だからがんばって」

それだけいって、ママさんは、

「じゃあね」

と帰っていった。

「本当に……、申し訳ありません」

しまちゃんは体を縮めて頭を下げた。

「ちゃんと体も治ったんだから、気にしないで。しまちゃんがどうのこうのっていうよりも、私の老いを感じただけなんだから」

「そんな、老いだなんて」

しまちゃんはそういったが、アキコは年々、その老いを感じていた。それは同年輩であったら、誰でも感じる老化である。疲れが取れない、無理をすると腰が痛くなる、そのときは痛めた記憶はないのに、二、三日経《た》ってから、部分的に体が痛くなり、あれは……と思い当たる。ついうたた寝しそうになる。筋力がなくなった。などなど挙げたらきりがない。そのアキコの老化の分を、しまちゃんが穴埋めしてくれていたのだ。

「もともと二人だけなんだから、そのうちの一人が休むと、っていうことだけよ」

アキコが慰めるつもりでも、しまちゃんはその言葉を聞いて、また、

「本当に申し訳ありませんでした」

と謝る。アキコは大きく息を吐いた。

「しまちゃん、もう謝るのは禁止。誰だって風邪くらい引くわ。これからは無理をしないでね。私もそうするから」

しまちゃんは口をぎゅっと結んでいたが、「はい」と返事をしてうなずいた。

「じゃ、今日もよろしくね」

「はい」

しまちゃんはいつものようにてきぱきと厨房《ちゅうぼう》、フロアと動きまわって仕事をこなしてくれた。アキコが何も指示しなくても、今、いちばん最初に何をするべきか、アンテナを張って動いている。

（本当に楽だわ）

しまちゃんは一人で何人分も働いてくれているのだなとつくづく実感した。

（そろそろボーナスも上げてあげなくちゃ）

最近、様々な事柄を忘れかけるので、これは絶対に忘れないようにしなくてはと、彼女にわからないように、「ボーナス」とメモに書いて、エプロンのポケットに入れた。

開店してはじめてのお客様は、常連の中年の主婦のお友だち二人組だった。店内に入るなり、

「びっくりしちゃった。お休みが続いていたから。閉店するんじゃないかって心配していたのよ」

といわれた。

「申し訳ありません、急に。ちょっとお店が開けられない事情ができたもので」

応対しているアキコの目の端で、しまちゃんが申し訳なさそうな顔で、自分を見ているのがわかった。きっと正直にいったほうが、彼女も気楽になるだろうと、

「実はしまちゃんが、風邪を引いちゃったんですよ」

と明るくいった。すると二人は、

「ああ、そうだったの。季節の変わり目で風邪を引いた人が多かったものね。うちの主人も珍しく熱を出して寝込んだのよ」

「うちも息子がずっと喉《のど》が痛いっていってたわ」

といい、

「無理しないでね。体に気をつけて」

としまちゃんを労《いたわ》ってくれた。

「ありがとうございます」

頭を下げたしまちゃんは、ちょっとほっとしたように見えた。

会計を済ませて、帰り際に二人は、最近、気に入って通っていたお店が次々に閉店して、本当に悲しい、まさかこのお店もと、心臓がどきどきしていたのだと話してくれた。

「それは申し訳ありません。休みが多いのはこちらの我がままで」

アキコが恐縮していると、

「無理をしないで長く続けてね。お願いよ」

二人は何度もそう繰り返して店から出ていった。厨房で何ともいえない顔をしていたしまちゃんの耳に、アキコは小声で、

「細く長くね」

とささやいた。

その日のお客様はふだんの三分の二くらいだった。アキコは、このくらいの客数のほうが、のんびりできるなと思ったが、オーナーとしてはあるまじき考え方かもと、気を引き締めた。とはいえ四時近くになると、お客様の気配もないので、

「そろそろ黒板をしまいましょうか」

としまちゃんに声をかけた。彼女が外に出ようとすると、スーツを着た若い男性が、

「失礼します」

と店内に入ってきた。アキコとしまちゃんは、いらっしゃいませといったものの、明ら

かに彼がお店のサンドイッチやスープを食べに来たお客様ではないのがわかった。

「どうも、突然、失礼します。税務署のほうから来ました」

「は？」

アキコは彼の言葉尻《ことばじり》を聞き逃さず、

「税務署のほうってどちらですか？　税務署の職員の方ですか」

と確認した。すると彼は、

「いいえ、税務署ではなくて、税務署のほうです」

という。

「申し訳ありませんが、身分証明書を見せていただけますか」

彼は緊張した顔で、鞄《かばん》から身分証明書を出してアキコに見せた。税務署の職員ではなかった。心配そうにこちらを見ているしまちゃんに、表の黒板をしまうようにうながし、アキコはとりあえず立ったまま、

「どういうご用件ですか」

とたずねた。だいたいこんな時間帯に税務署の職員が来るはずはない。しまちゃんも不審に思ったのか、黒板をしまう作業をしていても、アキコたちのほうをじっと見ている。

彼は、

「あのう、来月から消費税率が上がるのはご存じですよね」

と聞いた。

「はい、知っています。うちはテイクアウトはしていないので、10パーセントお預かりすることになるんですよね」

「ああ、よくご存じで」

褒めているようで小馬鹿《こばか》にしたような態度だった。若い頃《ころ》はむっとしたものだが、歳《とし》を重ねるうちに、怒りよりもこういうふうにいわなければならない人がいることに情けなさを覚えるようになった。

「それでレジはどのようなものをお使いですか」

これが本題だなとアキコは直感した。この店はレジスターというものが不似合いなので、帳簿も申告書もすべて手書きにしていたのだが、商店街の生花店の奥さんに、タブレットレジを薦められてからそれを使い、確定申告もインターネットでしている。そう彼に説明した。

「あなた様がオーナーで、この方が社員の方ですね」

彼はアキコとしまちゃんを交互に見た。

「女の人一人でお店を経営するのは大変ですよね。尊敬します」

彼が本題を切り出さず、褒めたり見え透いたお世辞をいったりするのをスルーしながら、

「お客様に恵まれていますし、社員もよく手伝ってくれていますので助かっています」

と相手の気分を害さないように丁寧に話した。

「このあたりはすぐ店ができて、すぐ潰《つぶ》れますよね」

彼は自分の言葉に大きくうなずいた。しまちゃんが心配そうに部屋の隅に立っているので、

「もう今日はいいわよ。お疲れさま」

と声をかけた。

「いやあ、すみません。もうお帰りの時間なのですね」

彼はしまちゃんにわざとらしく詫《わ》びた。

「いいのよ、本当に。ご苦労さまでした」

しまちゃんは、申し訳ないという表情で、店を出ていった。

店から出たとたん、彼女がママにつかまっているのが見えた。そしてママの姿がだんだん近づいてきたと思ったら、

「こんにちは。今日も一日ご苦労さまでしたあ」

と大きな声を出しながら、ドアを開けてママが入ってきた。彼はびっくりして振り返った。

「あら、どなた?」

「あ、どうも」

彼は頭を下げた。

「で、ここのお店に何の御用?」

ママは責めるように彼に問いかけた。

「いえ、あの、その、来月から消費税率が変わりますので、ここの商店街でお役に立てたらなあと思いまして……」

「あーら、それはご苦労さま。でもこの店はテイクアウトはしていないから、一律、10パーセントなのよ。複雑じゃないから今使っているもので十分でしょ、ねっ、そうよね」

「そうなんですよ」

ママとアキコが二人でじっと彼を見ると、

「あー、そうなんですね」

と遠い目をしながら力なくいった。

「いったいあなた、どんなものを売りに来たの?」

ママは彼が開けようとしている鞄の中をのぞきこんだ。

「ああ、これ?」

彼の手からいちはやく三つ折りのリーフレットを取り上げたママは、

「やだ、高い。個人事業主には買えないわ」

と顔をしかめて彼に突き返した。

「そうですかねえ」

「これだけのものを買うために、どれだけ働かなくちゃいけないと思ってるの？　こういう商店街じゃなくて、なんとか通りっていう名前がついているような、洒落《しゃれ》たところを廻《まわ》ったほうがいいんじゃない。だいたいこのお店、時間がきて閉店準備をしていたんだから。邪魔しないであげてよ」

怒濤《どとう》のようにママがまくしたてたので、彼は、

「これだけは置かせてください」

とリーフレットをテーブルの上に置いて逃げるように出ていった。しまちゃんも店に戻っていた。

「ママさん、すみません」

「いいのいいの、いろいろな人が来るから。あちらも仕事だから気の毒だけどね」

アキコがリーフレットを手に取ると、

「高いよ、三十万だって」

とママがいった。

「えっ、そうなんですか」

値段を確認すると確かにそうだった。

「どこをどうしたら、こんな値段が……」

「ファミレスみたいな大手の飲食店で使えば、10パーセントと8パーセントの振り分けがうまくできるんじゃないの。うちやアキちゃんの店にはいらない、いらない」

しまちゃんもリーフレットを見て、

「すごいですね」

と感心していた。

「どうしてこんな、うちの店に不釣り合いなものを売りに来たんでしょうか」

「便利だとかいいくるめて買わそうとしたんじゃない。あの人はまだまだセールスの素人《しろうと》だね。働いている会社がブラック企業なのかも。あのお兄ちゃんも大変だ。それじゃ、お疲れさん。お嬢さんもお疲れさん」

ママはちょうどお客様が自分の店に入るのを見て、足早に店に戻っていった。

「しまちゃん、ありがとう」

「いいえ、ママさんにちょっと話したら……、それは大変とおっしゃって」

「私がのんびりしているから、自分が出ていかなくちゃって、思ってくれたのね。しまちゃんも一緒にいてくれてありがとう。また明日ね」

「はい、失礼します」

しまちゃんはほっとした顔で帰っていった。

店に来るお客様のなかには、

「テイクアウトはできないんですか」

とたずねる人もいた。していませんと答えると、残念そうな顔をされる。それを見ると、

「申し訳ありません」

と謝るしかなかった。テイクアウトをするためには、そのための容器を仕入れなくてはならないし、気温も湿度も高めの日が多い昨今では、栄養たっぷりのスープは、傷みやすいので怖いのだ。また容器が確実にゴミになることを考えると、今後もテイクアウトシステムを導入する気はない。とにかく業務を縮小することはあっても、これ以上に拡《ひろ》げる考えはまったくなかった。いちおうしまちゃんにも相談したが、

「必要ないですね」

ときっぱりいわれた。お客様にとっては、払うお金が少なくて済むので、そのほうがいいのかもしれないが、開店当時からお店の雰囲気も、食事と一緒に楽しんでもらえればいいなと考えていた。しかし実際にはそれを求めていない方もいるのがよくわかった。

しまちゃんはパン仕入れ主任として、閉店前にもうひとがんばりしていた。最初はちょっと余ったりもしたが、それは二人で分けた。もちろんそれは店用ではないので、アキコが自家用として購入した分となる。それはそれでかまわないのだが、しまちゃんはアキコから無料で余ったパンをもらい続けるのに、罪悪感を感じているようだった。そしてこれまでの天候や日にちとその日の客数のデータから、しまちゃん独特のマニュアルを作り、

それに従って注文するようになってからは、ほぼぴったりの量になった。こちらが食べる分がなくなるわけだけれども、店としてはありがたい。

「しまちゃん、その分析力だったら、競馬の予想もできるんじゃない」

アキコが驚いていると、

「毎日、天気予報が気になるんです。ぼーっとしているときは、ただお客様が多い、少ないってそれだけだったんですが、自分なりに調べてみると面白いですね」

と彼女はいう。もちろん寒い日はお客様の数は多く、暑い時季でも季節の変わり目になると少し数が増えてくる。給料日前は天気にかかわらず来店数は少ないし、湿気が多い日も少なめ、など、いろいろと教えてくれた。

「そうなんだ、すごいわねえ」

ふつうは店主たるものに、そのように分析する責任があるのかもしれないが、あらためてしまちゃんの分析の話を聞くと、人の動きはそのつど、様々なものに左右されているんだと気づかされた。

無事、パンの注文が終わると、しまちゃんはふうっと大きく息を吐いた。これで彼女の一日の仕事は全部、終わりになる。

「お疲れさま。また明日ね」

アキコが声をかけても、その日は彼女はすぐに帰ろうとはしなかった。

「どうかした？　何かあったの？」

「あのう、実はこの間、私が風邪で寝込んでいるとき、シオちゃんがこんなものをくれまして」

しまちゃんが穿《は》いているパンツの尻ポケットから、光るものを取り出した。

「指輪じゃないの」

「そうみたいです」

彼女が差し出したのをよくよく見たら、それは有名ブランドのものだった。

「あら、シオちゃんがんばったわねえ」

「ペアリングだそうです」

しまちゃんは顔をしかめた。

「シオちゃんは二人でつけようとして、買ってくれたんでしょう。男の人がこういうものを買うのは勇気がいったと思うわよ」

アキコがシオちゃんの気持ちを理解させようとしても、しまちゃんは、

「私が弱っているときを狙《ねら》って……。やり口が汚いんですよ」

と怒っている。

「あははは」

この二人のやりとりに関しては、しまちゃんが怒れば怒るほど、アキコは笑ってしまう。

どうにかして指輪を渡そうと様子をうかがっていたシオちゃんが、彼女が肉体的にも精神的にも弱ったときを狙った戦略に対して、アキコはよくやったと褒めてあげたくなった。同時に相手の体調が悪いときでなければ、それができない彼の現状の立場が情けなくもあった。

「シンプルで素敵なデザインね。これはいいわ」

「はあ、まあ、デザインは。でもこのブランド、お金持ちのおじさんが下心丸出しで、若い女の子にプレゼントするようなところじゃないですか」

「そんなことはないわよ。たしかに若い女性に人気があるけれど、デザインは品があるわ」

「はあ」

「そんなパンツの後ろポケットにづっこまないで、ちゃんと嵌《は》めればいいのに」

「食べ物を扱うお仕事なので、指輪はしないほうがいいと思って。それに昔から指輪を嵌める習慣がないので。気になって仕方がないんですよね。ちょっと鬱陶《うっとう》しいっていうか。今日はいちおうアキコさんへご報告のために持ってきただけで、ふだんはテーブルの上にほったらかしにしてあります。ネコたちがおもちゃにして、部屋中転がして遊んでますけど。それと……」

「それと？」

「これを嵌めたらもう終わりっていうか。相手の思うツボっていうか。あの二人は決まりっていうようにみえるじゃないですか」

「それはそうね」

「それがいやなんですよ。二人の問題なのに、どうして世間に対して表明しなくちゃいけないんですか。そんなことどうでもいいじゃないですか」

「たしかにそうね」

「だいたいあちらのそういう根性が気に入りません！」

しまちゃんはまたぷーっとふくれた。世間の女性は、結婚するかしないかは別にして、好きな相手からもらった指輪を、薬指に嵌めたいと願っている人が多いだろうに。

「だから薬指じゃなくて、お尻のポケットなのね」

「そうです。その程度で十分なんです」

「うふふ、わかりました。でも落とさないようにね。それはシオちゃんの大事な気持ちなんだから」

「ああ、はい、わかりました」

しまちゃんはアキコから手渡された指輪を、パンツの尻ポケットにぐいっと突っ込んだ。

定休日の前夜、ご飯と大好きなおやつをもらい、右と左でへそ天で寝ているどすこい兄弟のお腹を撫《な》でながら、アキコはしまちゃんの尻ポケットの指輪を思い出していた。あの有名ブランドのデザインらしく、シンプルながら細かく装飾が施されている指輪が、シオちゃんの気持ちが無視されて、あのまま尻ポケットに入れられていたり、放置されていたりするのはしのびなかった。

しまちゃんは彼の気持ちが痛いほどわかっているが、彼女の性格から考えて、

「あんたの気持ちは十分わかっているのだから、あえてこんな物をよこさなくてよし！」

といいたかったのだろう。それが体調の悪いときを狙われたので、はっきりいえなかったのももやもやした気分に拍車を掛けたのに違いない。

「どうしたらいいかしら」

純情で善良なシオちゃんの気持ちを、しまちゃんには受け取って欲しい。そうつぶやいた声を聞いた兄弟は、一瞬、耳をぴくっとさせたが、目も開けずに寝たままだった。

翌日、アキコは朝起きて兄弟にご飯をあげ、しばらく二匹と遊んだ後、彼らが寝たのを確認して電車に乗って出かけた。出勤時間帯からは少しずれているせいか、会社員風の人は少なく、中高年の女性や学生の姿が目立った。終点の駅で降りて地下道を通り、デパートまで歩いていった。五十代後半から六十代と思われる女性たちが五人、楽しそうに話をしながら前を歩いている。きれいにお化粧をして、着ている服もそれなりの値段がするものばかりで、持っているバッグもブランド品だ。靴にもお金がかかっている。彼女たちの手を見ると、みんな薬指に指輪を嵌めていた。

（私もしまちゃんも、こういう人生からはずれたのだな）

考えてみればアキコの母もそうだった。目の前の彼女たちは学校を卒業してからは勤めたり、今は死語となった家事手伝いをしつつ、恋愛、あるいは見合いをして伴侶《はんりよ》を得たのだろう。もちろんそれぞれの女性にはそれぞれの歴史があり、順風満帆にはいかなかったはずだ。義理の親との関係、子育ての苦労、子供の反抗期、夫の浮気、夫婦間の意見のずれ、子供の進学・就職・結婚、身内の病、介護、そして自分の体調不良。我慢と自己主張を繰り返しつつ、問題をクリアしてきた結果、今の彼女たちがあるのだ。

そういった世の中で普通といわれている女性たちを見ると、アキコは立派としかいいようがない。自分にはとてもやれる自信がない、というかそれを避けていたふしもあった。自分が稼ぎ、それで自分が暮らす、そういう気持ちしかなかった。若い頃は、主婦というものは金銭的に夫に依存して生きているものだと考えていたが、歳を重ねるにつれて、たしかにそうかもしれないが、子育てや家事をきちんとこなすのは、どれだけ大変かとわかるようになった。

多くの女性がしてきたそれらの事柄に比べれば、アキコが身内として抱えているのは太ったオスネコ二匹だけだし、社員のしまちゃんに対しては責任はあるけれど、もし何かあったら店を閉めて、店舗と住居になっている、今住んでいる建物を売ったら、金銭的には何とかなるだろう。優しいシオちゃんは、もしも閉店するはめになり、しまちゃんが失職

しても、

「大丈夫だよ、心配しないで」

といってくれるだろうが、彼女はともかく自分はその気持ちには甘えられない。幸い、人気のあるエリアの駅至近の物件なので、すぐに売れるのは間違いないだろう。自力で建てたわけではないので、残してくれた母には感謝しなくてはならない。そして世間的に父と名乗れなかった相手の男性にも。そんなことを考えながら歩いていると、異母兄であるはずの住職が亡くなったのを再び思い出した。

こんな私が、しまちゃんのシオちゃんへの対応については、ちょっと冷たいと感じるのだから、あの「きっぱり」ぶりは相当なものだなあと半分呆《あき》れながら、デパートに近づくと、前を歩いていた女性たちが中に入っていった。デパ地下に目的のものがあるようで、右前方を指さしながら、早足で歩いていった。アキコはフロアガイドを見て場所を確認し、エスカレーターで上の階に向かった。

アクセサリー売り場の、様々なディスプレイを眺めながら、アキコは気に入った店に入った。

「今日は何かお探しですか」

感じのいい年配の女性が応対してくれた。

「プラチナのチェーンが欲しいのですが」

しまちゃんの身長や体の厚みを伝えると、傍らにいた若い男性が、体の前にかざして「こんな感じになります」とモデルになって見せてくれた。一本のチェーンを選び、自宅用に簡素に包装してくれるように頼んだ。

「よろしいんですか」

女性は念を押したが、

「はい、それでお願いします」

と返事をした。

今日の仕事はこれで終わった。帰るためにデパ地下を抜けていると、限定品らしいケーキを購入するために列をなしている人たちがいた。アキコはおいしそうな小さな箱に入ったクッキーを買い、人気があると聞いた、サラダ売り場をのぞいてすぐに帰ってきた。ドアを開けてどすこい兄弟の様子をうかがうと、彼らはアキコが家を出たときと同じ格好のまま、へそ天で寝ていた。

8

その日、アキコは何の装飾もない、青い包装紙に包まれた青い縦長の箱を、しまちゃんにみつからないように、タブレットレジが置いてある厨房《ちゅうぼう》の棚の下の段に隠した。彼女はお金に関係するレジが置いてある周辺は、自分が近づいてはいけないと思っているらしく、アキコにいわれない限り、その周りにあるものには、タブレット用のペンでさえ触らないのだ。

人にプレゼントを買って渡すとき、アキコはなぜかわくわくしてしまう。もしかしたら自分がもらうときよりも、胸が躍っているかもしれない。これまでも母や友だちや、会社の同僚にプレゼントをした経験はあるが、品物選びから渡すまで、相手が誰《だれ》であれいつも同じだった。母が生きているときは、誕生日と母の日にプレゼントを渡していたが、年々、「ありがとう」といいながらも、

「こんなことにお金を遣わなくていいから」

とつけ加えていた。自分が亡くなったら娘一人が残されるので、なるべく貯金をしてお

けといいたかったのだろう。

　しかし身内であっても他人であっても、人にプレゼントをするのはうれしく、アキコがこんな気持ちになれたのは久しぶりだった。考えてみれば今の自分には、気軽にプレゼントをあげられる人といったら、しまちゃんとシオちゃんくらいしかいない。ママさんに対してはちょっと緊張する。ママには品物ではないものをプレゼントしたい。しかしそういう機会はまったくなくて、いつも申し訳ないとアキコは思っていた。

　その日の朝、いつものようにしまちゃんはやってきた。無理をしていないかと気になっていたが、顔色がいいところを見ると、完全復活したようだった。大丈夫とか、無理しないでねといった会話をしつつも、アキコは早くプレゼントを渡したくてたまらなかった。そして会話が途切れたところを狙《ねら》い、待ってましたとばかりに話を切り出した。

「しまちゃん、あのね、もらってもらいたいものがあるの」

「はい」

　唐突にアキコにいわれて、彼女は不思議そうな顔をした。

「これなんだけど」

　アキコは厨房の棚の下の段から、青い包みを取り出して、しまちゃんに渡した。彼女は両手でそれを受け取りながら、きょとんとしている。

「今日、指輪、持ってる？」

「えっ、あっ、持ってきてないです」

「今日もネコちゃんのおもちゃになっているの？」

「いいえ、もう飽きたみたいで、匂《にお》いすら嗅《か》ぎにきません」

「ああ、そうなの。これ、ちょっと開けてみて」

アキコにいわれて彼女は丁寧《ていねい》に包装紙を開いて、青い箱を開け、

「わあ」

と目を丸くして、ため息のような声を出した。

「しまちゃんに似合うと思ったんだけど。それにシオちゃんからもらった指輪を通したら、いつも身につけていられるでしょう。やっぱりお尻《しり》のポケットに入れたり、テーブルの上にほったらかしにされたままじゃ、あの指輪がかわいそうだもの。職人さんがひとつひとつ、丁寧に作ったものだと思うから」

「ありがとうございます」

しまちゃんはにっこり笑った後、じっとチェーンを見ていたかと思ったら、突然、目から涙があふれ、アキコがびっくりして見ているうちに、ぽろぽろと玉のようになって頬に流れ落ちた。無言でアキコはしまちゃんの顔を見ていた。

「本当にありがとうございます。こんな私にここまでしていただいて……。私があんなズボラなことをしたから……、アキコさんに気を遣わせてしまって……、本当に申し訳ない

です」

しゃくりあげながら、手の甲で涙をぐいぐいとこするしまちゃんを見て、アキコはあわてて厨房の陰からティッシュボックスを持ってきた。

「そんなに泣かないで。私も困っちゃうわ」

「す、すみません」

彼女は小さく頭を下げて、ティッシュで顔を拭《ふ》いた。しばらく鼻をぐずぐずさせていたが、

「はあ〜」

一つ大きくため息をついて、気持ちが落ち着いたのか、

「ふふっ、こんなに泣いたの、ソフトの対外試合で完全試合をやられたとき以来です」

といって笑った。

「それは辛《つら》かったわね」

「屈辱でした。でも今日のはそれとは違いますから」

「私の趣味で選んじゃったから。好みに合わなかったらごめんなさい」

「そんな趣味に合わないなんてとんでもない。私にはもったいないほどのものです」

しまちゃんはありがとうございますといって、店の鏡の前でチェーンをつけて眺めていた。

「私、こういったものは似合わないと思ってました」

「そんなことないわよ。私は逆にそういったタイプのものは似合わないのよ。体格がしっかりしていて、ボリュームのあるネックレスが似合う人がうらやましいわ」

しまちゃんはその日、ずっとチェーンをつけたままだった。

いつものようにチェックをしにきたママも、目ざとくチェーンを見つけ、

「お嬢さん、素敵なものをしてるじゃないの。とってもいいわ。まだ若いんだから、それくらいお洒落《しゃれ》をしたっていいの。うちに来る若いお兄ちゃんたちでも、耳に五個も六個もピアスをつけたりしてるわよ」

と彼女の胸元をじーっと見ていた。

「あれはなかなかすごいですけどね」

アキコがつい口をはさんだ。

「そう、最初はびっくりしたけれど、見慣れると何でもなくなるわね」

「ええ、本当にそうです」

しまちゃんはあまりにママが見つめるので、照れくさそうに棒立ちになっている。

「よく似合ってる、あなたにぴったり」

「アキコさんがプレゼントしてくださったんです」

「いい趣味よ。大事にしなさいよ。アキちゃんの心がこもってるんだからね」

「ママさん、しまちゃんにプレッシャーをかけないで。しまちゃん、いらなくなったらフリマアプリで売っちゃってもいいからね」

「売るなんてとんでもない！　そんなことできません。一生、大事にします！」

しまちゃんがまじめな顔でいったので、アキコとママは、

「宣言したっていう感じね」

と顔を見合わせて笑った。

「絶対に売りません」

しまちゃんはもう一度、小さな声で、しかしきっぱりといい放った。

その日の夜、

「夜分、申し訳ありません。アキコさんにお話ししたいことがあるという人間がいるので、ちょっと話を聞いてやっていただけますでしょうか」

としまちゃんから電話があった。何となく誰かは見当がついているので、アキコは満腹で爆睡しているどすこい兄弟を膝《ひざ》の上に乗せながら、

「いいわよ」

と返事をした。

「もしもし……」

予想どおりシオちゃんだった。

「あのう……、本当に……ありがとうございました……」

アキコは、ん？　と首を傾《かし》げながら、

「シオちゃん、泣いてるの？」

と聞いた。

「あい」

聞き取れないくらいに声が小さい。

「せっかくシオちゃんが、素敵なペアリングをがんばって買ってあげたのに、しまちゃんったら、お尻のポケットに入れていたのよ」

「知ってます。でも間接的でも、いちおうしまちゃんの体にくっついているから、いいかなって思ってて」

体にくっついているっていったって、それはちょっと違うんじゃ……とアキコが心の中でつぶやいていると、彼の背後から、

「フミとスミの、おもちゃにもなってたぞー。テーブルの上で転がして遊んでたぞー」

と声がした。

「そ、それはちょっと知りませんでしたけど……。でもネコたちが喜んでいたのなら、それでいいです」

洟《はな》をすすりあげる音も聞こえてきた。アキコは、

「はあ」

といった後、何もいえずに黙るしかなかった。ふつうだったら、「めそめそしないで」「ペアリングをあげたのだったら、もっとしっかりしなくちゃだめでしょう」と叱咤《しった》したり励ましたりするかもしれないが、この二人の場合はこれが彼らのバランスなので、まあ、いいかと諦《あきら》めて話を聞いていた。

しばらく彼はぐずぐずしていたが、ケリをつけるように一つ咳払《せきばら》いをしたら、いつもの明るいシオちゃんに戻り、

「ありがとうございました。本当は僕が気をつけてあげなくちゃいけなかったのに、アキコさんに教えていただきました」

と礼を述べた。指輪を買おうと考えたときに、しまちゃんはふだんアクセサリーはつけないし、指輪をあげても嵌《は》めないだろうなと予想はしていた。しかし買いたいという気持ちのほうが勝ってしまったので、ペアリングを買ってしまった。そのときに自分が気を利かせて、しまちゃんが指ではない部分で、身につけられるように配慮してあげればよかったのだ、と反省している。

「最初からそこまで気のつく男性なんていないわよ。だいたい相手の女性が指輪をする習慣がないのに、それをものともせずに買ってあげたくなったんでしょう。どうせしないんだから、買うのはやめておこうって考える人が多いんじゃないの。それでもあげたシオち

ゃんはすばらしいわ」

アキコはとりあえず慰めの言葉をかけた。

「そうですよね、それはそうです。ふつう、指に嵌めるために買うんですから」

「だからシオちゃんは全然、悪くないの。それどころか本当に偉い！　あんな素敵な指輪を買ってあげるなんて立派！」

アキコは褒《ほ》めまくった。

「ありがとうございます。そういっていただけるとうれしいです」

とシオちゃんがうれしそうな声になったとたん、また背後から、

「調子に乗るんじゃないぞー」

と悪魔の声が聞こえてきた。

しまちゃんはとても感じがよくてよく働き、性格も実にいいお嬢さんだが、シオちゃんに対する態度を見ていると、アキコはつい彼をかばってあげたくなる。シオちゃんが大事なことを話しているのに、そんなふうにいわなくてもいいのに、などと思ううちに、いつ彼がこれまでの我慢を大爆発させて、しまちゃんと大喧嘩《おおげんか》になるかと心配になってきた。しかしシオちゃんはいつでも、彼女に何をいわれても爆発はもちろんのこと、いじけたような態度にもならず、淡々とその場の状況に身を任せているのだった。

「チェーンのことはいつ知ったの？　しまちゃんが話したの？」

「今日、お好み焼き屋で、一緒に晩ご飯を食べる約束をしていたんです。そうしたら僕の顔を見るなり、『いいだろう、これ』っていいながら、指輪が通っているチェーンを見せびらかしてきたんです。それ、どうしたのって聞いたら、アキコさんからいただいたっていうので」

「ああ、そうだったの」

「本当にありがとうございました」

シオちゃんがこちらが恐縮するくらい御礼をいうので、アキコは、

「ありがとう、一生分、御礼をいっていただいたわ」

といった。シオちゃんは、明らかに頭を下げている「ありがとうございました」を連発して電話をしまちゃんに替わった。

「お聞き苦しいところが多々ありまして、大変失礼いたしました」

「本当にねえ、どうしましょう」

アキコはくくくと笑った。

「あまりにうれしかったので自慢したら、それ、どうしたの？　ってしつこく聞いてきたので、アキコさんにいただいたといったら、うれしいのと悲しいのがごっちゃになったらしくて。彼が今お話しした通りです」

「そんなに思っていただいてありがたいわ。ただ、二人の仲にひびが入らないことだけを

願っているけど」

「そうですねえ。まあ入るときは入るのではないかと」

「そんなふうにいわないの！　でも今は一緒にいるのね。仲よくしてよ。電話をしてくださってありがとう」

「こちらこそありがとうございました」

しまちゃんの背後から、

「ありがとうご……」

というシオちゃんの声が聞こえたが、途中でぶちっと切られていた。

「シオちゃん……」

気の毒というより、笑うしかなかった。強烈な突っ込みの妻と、ボケの夫の夫婦《めおと》漫才を聞いているようだった。夫婦漫才はお仕事でそうしているが、二人は素なのである。それでも知り合ってから、何年も続いているのだから、相性がいいのだろう。これで指輪が尻ポケットに入れられたり、ネコたちのおもちゃにならずに済むのは、独身ではあるが年上の女性としてほっとした。

それからしまちゃんは、チェーンに指輪を通したまま出勤してきた。しかし二、三日経《た》って、いつものようにフロアで丁寧な接客をしてくれている彼女を見ながら、アキコは自分の行動が二人にとって逆効果だったのではと、はっとした。やはりペアリングは男女お互いの指に嵌められてこそのものである。シオちゃんは予想していたとはいうものの、しまちゃんの指に嵌めてもらいたいのではないか。それを私がチェーンを買ってプレゼントしてしまったので、そのチャンスを永遠に逃したのではないかと心配になってきた。

その日、閉店準備をしているときに、

「しまちゃん、その指輪、嵌めてみせてくれない？」

と頼んでみた。

「えっ」

しまちゃんは一瞬、驚いた顔をしたが、意外にさらっと、

「いいですよ」

といいながらチェーンからはずし、左手の中指に嵌めようとした。

「うっ、入らない」

「それはそうよ。その指に嵌めるためのものじゃないもの」

「そうですかね、うーん、私、右投げだったんで、右手の中指はこっちよりも太いんです」

「だから、中指に嵌めるものじゃないんだってば」

アキコが呆《あき》れていると、しまちゃんは苦笑いしながら、右手の薬指に嵌めてみようと、ささやかな抵抗を試みていたが、なかなか入れるのは難しそうだ。

うなりながら左手の薬指に嵌めてみると、ぴったりだった。

「素敵。やっぱり指輪は指に嵌めるものなのね」

しまちゃんの指が長くて大きな手によく映っている。

「シオちゃん、センスがいいわ。でもどうしてサイズがわかったのかしらね」

しまちゃんはアキコに聞かれて、そうですかねえといいながら、じっと指輪を嵌めた手を眺めていた。

「私も不思議だったんですけど、風邪を引いて私の部屋で看病してくれたときに、どうやら自分の指の太さと比べたらしいんです。なんでおじやのお椀《わん》を渡すときに、いつまでも私の手をしつこく触ってくるんだろうって思って、払いのけたんですけど。私も熱が出ていたので面倒くさくなっちゃって。それでわかっちゃったみたいです」

「へええ、そんな原始的な方法で、よくサイズがぴったり合ったわねえ」

「合わなかったらどうするつもりだったんでしょうかね。きっと泣きながらお店にサイズを直してもらいに行ったと思いますけど」

「よかったわねえ」

アキコは心からほっとした。しかししまちゃんは、

「まっ、たまたまじゃないですか」

「うーん」

とあっさりしていた。そして、

「つけ慣れてないので気になって仕方がないです。やっぱり変な感じです。左手の薬指に体中の血液が集中しているみたいで」

と指輪をチェーンに通して首にかけ、

「こっちのほうがいいです」

とにっこり笑った。

「シオちゃんは指に嵌めてもらいたいんでしょうね」

アキコが彼の気持ちを代弁すると、彼女は、

「私が身につけていれば安心しますから、大丈夫ですよ」

とアキコを納得させるようにいった。

「そうねえ」

後ろめたいアキコは、

「でも、あの指輪、とてもしまちゃんの手に似合うわよ」

と彼女に聞こえないようにつぶやいて、テーブルを拭きはじめた。

「お疲れ～」

ママがやってきた。銀色のラメのバラが編み出された紫色のセーターの胸元に、大きな一粒ダイヤモンドのペンダントが輝いている。

「あら」

思わずアキコが声をあげると、

「ふふ〜ん。お嬢さんが素敵なのをしていたから、あたしも昔のをひっぱりだしてきちゃったっ」

彼女は自慢げにアキコとしまちゃんの目の前で、女性の親指の爪《つめ》ほどもある大きさのダイヤモンドを、つまみ上げて揺すってみせた。

目を丸くしている二人にむかってママは、聞いてもいないのに、ペンダントにまつわる昔話をはじめた。

これは喫茶店をやる前に勤めていたバーで、宝石商のお客さんからもらったものだという。アキコはママがホステスをしていたのは、ママの家に行ったときに教えてもらって知っていたが、それを知らないしまちゃんは、

「へええ」

とびっくりしていた。それを見たママは、

「あら、いわなかったっけ。あたし、ナンバーワンホステスだったのよ」

とちょっと過去を上乗せしていたが、しまちゃんは、

「そうだったんですか」

と再び素直に驚いていた。

このペンダントをくれた男性は、ママよりも四十歳年上で、彼女にとっては父親としか思えなかったが、病に臥《ふ》している妻を抱え、介護は雇った看護婦まかせで自分はしないまでも、

「奥さんを悲しませることはできないからなあ。でもなあ、おれはあんたと結婚したいんだよなあ」

とママの手を両手で握ってよくいっていた。ママはその気はなかったので、

「そうなの、ありがとう。でも奥さんを大事にしてね。大変なときなんだから」

といつもいい含めていた。すると彼は、

「悲しいなあ。おれはいったいどうしたらいいのかなあ」

と嘆きながらいつも涙を流していた。当時のママはそれ以上、何もいわず、ただ彼に手を握らせたまま、黙ってその姿を見ていただけだったという。

そしてその後、いつも帰りが遅いのは、顧客相手に営業やご機嫌伺いに行っているのかと思ったら、妻が病気だというのに、ホステス相手に酒を飲んでいたとは何事だと長男に叱《しか》られ、

「今日でここに来るのは最後なんだ」

とこのペンダントをくれたのだという。

「その方の想《おも》いが詰まっているんですね」

アキコは一歩進んでそのダイヤを眺めた。

「こんな大きいの、見たことがありません」

しまちゃんがため息まじりにいったので、アキコも大きくうなずいた。

「うーん、そうねえ」

ママはダイヤモンドを見ながら、

「でも、きっと訳あり品よ」

ときっぱりといった。このペンダントは紫紺色のベルベットが張ってある箱に入っていたが、箱には埃《ほこり》がちょっとついていたし、何となく人の手に渡った形跡を感じたので、新品ではないと直感した。

「それでも『わあ、うれしい。どうもありがとう』って精一杯喜んであげたけどね」

「そんなことってあるんでしょうか」

アキコが首を傾げると、

「あるわよ、宝飾とか値の張る着物とか。今はそんなことはないと思うけど、昔は買ったはいいけれど、やっぱり身につけないから買い手を探してくれないかって、店に戻されたりしたんだもの。それとか、こっそり奥さんがへそくりで買ったのがばれちゃって、返してこいって旦那《だんな》に叱られたとかね」

「へええ」

二人は同時に声を発しながら、奥さんのへそくりでこれが買えるっていうのがすごいと顔を見合わせた。

「きっとその手のものよ。そうじゃなかったら、あたしにこんなものをくれるわけがないもの」

でもママさんのことは、結婚したいほど好きだったわけだし、そんな返品されたものをあげるでしょうかとアキコがたずねると、ママは笑いながら、

「何いってるの、新品は奥さんか本気で好きな人にあげるものよ。あたしたちなんかはもらえないわよ。そのへんは、男の人はちゃーんと分けて考えてる」

それを聞いている今日の二人は「へええ」の連続だった。当時のホステスには、自分が正妻に収まろうなんて考えている人は少なかった。そんな話をちらつかされてその気になっても、結局、男性に騙《だま》されるのがおちだった。自分は馴染《なじ》み客の彼と結婚するつもりでいたのに、ちょっとお金を用立てて欲しいといわれて、ちょこちょこお金を渡しているうちに、相手は店に来なくなり、連絡が取れなくなるというのが定番だった。

「よくお店のママが、騙されて泣いている若いホステスに、『だから本気にしちゃだめだっていったでしょ。こういう商売してるんだから、騙されるほうが悪いんだよ。こっちがうまく騙さなくちゃ。まあ、いい勉強だと思いなさい』っていってた。あたしはそういうことはなかったけどね」

ママは淡々と話した。それにしてもあまりに立派なダイヤモンドの大きさに、アキコは、

「どういう人が買ったんでしょうね」

と想像した。

「結構、手広くやってたからね。店舗のほうは長男にまかせて、自分は先代からの顧客を引き継いでいたみたいだから、店舗に来なくてもどんと買ってくれる層を相手にしていたんじゃない？　エメラルドの指輪のオーダーが入ったからって、ダイヤが何重にも周りにあるデザイン画を見せられたこともあったな」

アキコやしまちゃんには想像もつかない世界である。

「世の中にはそういう人もいるんですね」

しまちゃんがぼそっといった。

「それはいるよ、信じられないくらい、すごい大金持ちっているんだから。でも、そういう人たちがみんな幸せかっていうとそうじゃないからね」

ママは真顔になった。

「このペンダントを買った人も、幸せじゃなかったんだよ。あたしたちが目についたものを買って、いらなくなったから売るっていうのと訳が違うんだもの。特に宝石でしょ。大金をはたいて買ったものをそんな簡単に手放すと思う？　店に戻すなんて、その人を取り巻く状況がよくないんじゃない？　幸せだったら手放す必要なんかないもの。でも私は大

事にしたいなって思ったの。彼がこれをどうしようと考えたときに、あたしを思い浮かべてくれたわけじゃない？　その気持ちはありがたいなと思ったわけさ」

しまちゃんは神妙な顔で聞いていた。

「だから、お嬢さん、あなたがもらった指輪は、すばらしく気持ちのこもったものなんだよ。彼氏さんが一生懸命に働いたお金で買ってくれたんじゃないか。大事にしなくちゃだめだよ。罰が当たるよ」

しまちゃんはますます神妙な顔になってうなずいた。

「ど、どうしたの？」

ママさんがびっくりして声をあげた。アキコがしまちゃんの顔を見ると、神妙になりすぎたのか、眉間《みけん》に二本線が刻まれている。

「あら、大変」

アキコが手を伸ばして、二本線を消そうと彼女の眉間をこすると、

「あ、またなってますか。私、一生懸命になるとすぐにこんな顔になっちゃうんです」

と顔を真っ赤にしながら、げんこつでそこをこすった。

「ほら、お嬢さんはそんなふうにしちゃだめ。こするんだったら、こういうふうに人差し指と中指でやるの」

ママがやってみせたのを真似《まね》て、しまちゃんもやってみたが、力が強いのか眉間が真っ

赤になった。

「おやおや」

ママは情けなさそうな顔でため息をついた。

「す、すみません……」

しまちゃんは肩をすぼめて頭を下げた。

「それがお嬢さんのいいところよ。でも指輪なんだからさ、たまには指に嵌めてあげなさいよ。そうしてあげないと、指輪だって悲しいよ。それじゃあ、これで見せびらかしタイム終了」

ママは手だけをこちらに向けて、振りながら帰っていった。

「すごいダイヤだったわね」

アキコはテーブル拭きを再開しながら、寸胴鍋《ずんどうなべ》を洗っているしまちゃんに声をかけた。

「びっくりしました。こんなでしたよ」

しまちゃんは濡れた指で丸を作った。そしてどんな人が買ったのかなあといいながら、国の偉い人、たくさん大きなビルを持っている人、親の莫大《ばくだい》な遺産で働かなくても暮らしていける人、芸能人、大企業の社長、株で大もうけした人、高額の宝くじが当たった当人か奥さんなどを挙げた。

「そうね、可能性はあるわね」

アキコはテーブルをすべて拭き終わり、ふうと一息ついた。

「自分には関係ないのに、いろいろと想像してると楽しいわね」

「そうですね。こういっちゃなんですけど、自分が大きな宝石をもらうよりも、いったいどういう人が買ったのかを考えるほうが、ずっと楽しいです」

しまちゃんの眉間はまだうっすらと赤かったが、さっきまであった二本線は消えていた。

「すごい家に住んでるんでしょうね。部屋がたくさんあって広い庭がある。お手伝いさんも何人かいるんだろうな」

よほど想像が楽しいのか、しまちゃんはどこかうきうきしている。

「そうでしょうねえ、大きなダイヤを買えるほどの人だから。自分が家事をやる必要なんてないでしょうしね」

「きっとゴミの収集日なんて、一生、知らなくて済むんですよ。私なんか台所の壁に、区からのお知らせの、ゴミ収集日カレンダーを貼《は》ってます」

「私だってそうよ。カレンダーを見てあわててゴミを出したりするもの」

庶民の生活はこんなものだと二人で笑った。

「ママさんがいっていたじゃない。大きなダイヤモンドが買える人よりも、しまちゃんのほうがずっと幸せだって」

洗い終わった鍋を拭きながら、しまちゃんは照れくさそうに笑っている。

「私は必要がなくなったら、チェーンは売ってもらってもかまわないけれど、その指輪はだめよ。手放すときはシオちゃんに返すときだけよ」

彼女が右手で首に下げた指輪を触りながら、

「そうですね。返すことはあるかもしれません」

というのを聞いたアキコは、

「こらっ！　またそんなことをいってる！」

と笑いながらしまちゃんを叱った。

Haruki Bunko
ハルキ文庫

む 2-16

今日《きょう》もお疲《つか》れさま　パンとスープとネコ日和《びより》

著者　群《むれ》 ようこ

2021年8月18日第一刷発行

発行者　角川春樹

発行所　株式会社角川春樹事務所
〒102-0074 東京都千代田区九段南2-1-30 イタリア文化会館

電話　03（3263）5247（編集）
03（3263）5881（営業）

印刷・製本　中央精版印刷株式会社

フォーマット・デザイン　芦澤泰偉
表紙イラストレーション　門坂 流

ISBN978-4-7584-4430-9 C0193 ©2021 Mure Yôko Printed in Japan
http://www.kadokawaharuki.co.jp/［営業］
fanmail@kadokawaharuki.co.jp［編集］　ご意見・ご感想をお寄せください。